KB115449

홍진에
묻친 분네

제1회 정읍 무성서원 백일장 수상 작품집
홍진에 뭇친 분네

인쇄 2021. 12. 5 발행 2021. 12. 10
지은이 정읍 무성서원 문화재 활용사업단
펴낸이 정기옥
펴낸곳 리토피아
출판등록 2006. 6. 15. 제2006-12호
주소 21315 인천광역시 부평구 평천로255번길 13
전화 032-883-5356 전송 032-891-5356
홈페이지 www.litopia21.com 전자우편 litopia999@naver.com
ISBN-978-89-6412-156-6 03810

값 10,000원

| 제1회 정읍 무성서원 백일장 수상 작품집 |

홍진에 뭇친 분네

정읍 무성서원 문화재 활용사업단

리토피아
LITERATURE & UTOPIA

고운孤雲 최치원

불우헌不憂軒 정극인

정읍 무성서원 백일장 시행에 부쳐

　무성서원은 1615년 서원으로 출발했습니다. 태산사 한가운데에 위패와 초상을 모신 고운孤雲 최치원崔致遠 선생이 지금의 칠보를 중심으로 한 태산현 태수로 부임한 890년경부터 계산하면 1100여 년의 역사입니다. 대원군의 서원철폐령에도 훼철되지 않은 전국 47개 서원 중 하나로 전북에서 유일합니다. 1696년 조선 숙종 때 사액賜額을 받은 무성서원武城書院은 소수, 도산, 병산 등 다른 8곳 서원과 함께 2019년 7월 유네스코 세계문화유산으로 등재되었으며, 주벽의 고운 최치원을 비롯하여 불우헌 정극인, 영천 신잠, 눌암 송세림, 묵언 정언충, 성재 김약묵, 명천 김관 등 일곱 분을 모시고 있습니다.

　고운 최치원은 12세에 당나라에 유학하여 6년 만에 빈공과에 장원으로 급제하였으며, 황소의 난이 일어나자, "천하의 모든 사람이 너를 죽이려 의논할 뿐 아니라, 땅속의 귀신들까지 너를 죽이려고 의논하였다(不惟天下之人 皆思顯戮, 仰亦地中之鬼 已議陰誅)"는 《토황소격문討黃巢檄文》을 지어 당 전역에 문장으로 이름을 떨쳤다고 합니다. 당에서 쓴 글을 모은 『계원필경桂苑筆耕』은 한국에서 가장 오래된 개인 문집으로 꼽힙니다.

　불우헌 정극인은 1472년 벼슬의 뜻을 접고 처향妻鄕인 이곳에 정착하여 향리의 자제를 가르쳤습니다. 선비로서의 청렴한 삶을 고수하며 소박하게 살았고, 최초의 가사歌辭 작품인 『상춘곡賞春曲』과 단가短歌 「불우헌가」, 경기체가景幾體歌 「불우헌곡」 등을 지어 한국 가사 문학에 큰 자취를 남겼습니다. 특히 「불우헌가」, 「불우헌곡」은 우리말을 사용하여 국문학사에 큰 의미가 있다고 합니다.

대문장가로 당나라에까지 이름을 떨친 고운 최치원과 가사 문학의 효시인 『상춘곡』의 저자 불우헌 정극인을 모시고 있는 무성서원은 참으로 복 받은 서원임이 분명합니다. 오늘 우리가 두 분의 문학적 성취를 기리고 또 이어받아야 하는 것은 지극히 마땅한 일입니다. 아울러 고운, 불우헌 등 배향 인물들의 삶과 사상 그리고 정읍시 소재 유무형 문화유산을 널리 알리기 위하여 백일장을 시행한 것입니다. 시대적 요구인 시간적, 공간적 제한을 최소화하고 많은 이의 관심과 참여를 유도하고자 온라인 백일장을 진행하였습니다. 제1회 '정읍 무성서원 백일장'에 입상하신 분들께는 축하의 박수를, 아쉽게 선에 들지 못한 분들께는 격려의 박수를 보냅니다. 고맙습니다.

정읍 무성서원 원장
이 치 백

■ 차례

● 운문부

●산문부

| 제1회 정읍 무성서원 백일장 수상 작품 |

대상

이 석 재
봄 ─ 백일홍

봄
―백일홍

이석재

아내는 식물성이다
화분에 담겨 봄맞이 새 식구로 베란다에 자리 잡은
백일홍 녀석과 함께
밤새워 붉은 열꽃을 피워 올리고 있다

머리맡에 앉아
물찜질로 이마를 닦아내는 내 손을 멈칫하게 하는
아내의 숨결은
여전히 백일홍 꽃잎처럼 뜨겁고
나는
무수목도 안녕하고 군자란도 안녕하고
자잘한 허브들도 죄다 안녕하다고
기진한 아내를 토닥인다

뿌연 안개가
한 무더기 희디흰 꽃다발로 문안하는 새벽녘
중학생 딸애의 블라우스를 다려 입혀 보낸다며
한참 크는 아들 녀석 아침을 챙겨 멕여 보낸다며
후들거리는 무릎 일으키다 쓰러지는 아내를 안아 눕히며

딸애도 안녕하고 아들 녀석도 여전히 안녕하다고
내 다 알아서 멕이고 입혀 보낸다고
다시금 아내를 토닥일 때

얄미운 백일홍 화분 하나
더욱 붉은 꽃 한 무더기 피워 올리고.

봄 외 5편
―그 섬엔 그리움이 산다

저녁마다 꽹이갈매기들이 돌아와 휴식의 발자국을 찍는
경상남도 통영시 한산면 매죽리
홍도라는 이름이 붙어있는 그 섬엔
종이를 태우는 것 같은 익숙한 냄새가 난다
왜소하고 비틀어진 몸을 가진 활엽수 몇 그루와
소새나무, 섬잣나무, 동백과 저만치 떨어져 있는 바위들은
동굴처럼 패이거나 앙상한 뼈대만 남은 모습으로
섬을 에워싸고 앉아
발치께에 구르는 몽돌 숫자만큼의 기호들을
제 몸에 새겨 넣는 수고에 골몰하고 있다
노을이 섬의 정수리에 붉은 불길을 피워
등대원조차 떠나버린 등탑 등롱에 빛을 담으면
한낮의 낚시꾼들이 미처 챙겨가지 못한 미련을 모아
부지깽이로 꼼꼼히 뒤적이며 태우는 섬 아궁이의 온기로
갈매기들은 새끼를 키운다
삼월 초순의 거친 바람이 할퀸 섬의 곳곳에서
떠나보낸 시간의 기억을 딛고 후박나무는 새잎을 연다
풋향기 가득한 고사리, 보시, 하늘나리들이
저마다의 행간을 열고 새로운 한 시절을 경작한다

섬을 가장 잘 아는 봄밤이
수평선 쪽에 밑줄을 쫘악 긋고
홍도의 은밀한 발가락을 씻기면
그리움이 진하게 고였다 싶을 때마다
섬은
중저음의 목소리로 노래를 부른다
가끔, 몰래 간직해온 영혼의 한지 위에
섬의 노래를 탁본해보면
가슴을 비운 사람들만 읽어낼 수 있는
봄이 오는 산속 암자의 목어 소리를 닮아 있음을 안다.

갈대

가슴 깊은 상처는 달빛으로 감싸 안고
온몸을 웅크려 버텨내야 한다
바람 불면
지치고 야윈 몸은 정신없이 흔들린다
조금씩 아주 조금씩 빼앗기는 체온에도
입속은 쉽사리 버석버석 메말라 간다
시월 보름 텅 빈 골목에 주저앉아
아프고 힘들었던 기억을 다독이며 건너가는
이 미친 바람 부는 세상살이는
어둠의 무대 위를 휘도는 한 바탕 춤사위
밤새워 흔들리다가 불현듯 닿는
푸르스름한 새벽의 퀭한 눈길 앞에서
새삼 옷깃 여미며 고개 숙여도
미친년 머리카락 마냥 솟구치는 내 승질머리는
끝끝내 숨길 수 없는
마지막 남은 한 줌의 자존심이다.

그늘

한 사람을 오롯이 안다는 건
그 사람의 그늘 속으로 들어가는 일이다
살다 보면 누구나 하나쯤 감추고 사는
스스로 침잠하는 무저갱을 닮은 그늘 속에서
아프거나 슬프거나 외롭거나
마냥 허허로운 한숨의 깊이를 헤아려
함께 침묵하는 일이다

월미도 방파제 위에 서서
물이 들고나는 기억을 펼쳐보면
들어올 땐 거친 음성을 토해내는 물이
나갈 땐 소리 없는 뒷걸음질 치는 것처럼
사람의 인연의 길도 물과 같아서
빛나며 떨리던 설렘도
아침 햇살 속 사라지는 안개와 같은 것을

왁자한 목소리에 현혹된 일상의 종종걸음 속
먹빛 그늘 아래
느닷없이 터져 나오는 눈물을 닦는 손길이 있어

따뜻한 체온으로 포개어지는 그림자가 될 때
비로소 불러볼 수 있는 이름 하나
가슴팍에 새겨지는 것임을
늘 늦게 깨닫는 나는 참 어리석은 사람이다.

굽은 강

가야 할 길은 늘 조심스러웠다
젖은 바짓단 끌며 어기적어기적 걸어가는 발끝에 부딪히는 것은
한 번도 제대로 바라보지 못했던 아득함 때문이었을까
잠시 멈춘 소류지 방죽에 앉으면
기억들도 깊이 가라앉은 침전물처럼 움직이지 않는다
퍽퍽한 생활이 퍼 올리는 깊은 기침 소리를 앞세우고
삶의 밭두렁을 위태롭게 걸어가던 아버지는
이 소류지 근처에 올 때마다 담배를 피워 물었다
바람은 담배 연기를 희롱하며 깔깔거리며 허공을 뛰어다녔고
검버섯 핀 표정은 개망초꽃이 흐드러지게 핀 방죽에 앉았어도
쉬이 펴지지 않았다
사는 게 다 그런 거라고 속살대는
굴참나무 갈참나무 도토리나무의 수다를 털어내며
다시 걷는 걸음은 여전히 쉽지 않은 여정이었고

누군가를 떠나보내 본 사람은 침묵의 깊이를 잴 줄 안다
봄에서 여름으로 건너가는 사이에 범람하는
붉은 꽃잎들의 풍장 속에서 남쪽으로 가는 길은
오늘도 너무 멀고

술 취한 아버지를 업고 돌아오는
강마을 저녁노을의 거친 숨결은
잊고 싶은 회한의 행간마다 녹아들었다
후회는 아무리 빨라도 늦은 거랬지
저놈의 햇살이 너무 직선으로만 내려서 그늘이 생기는 거라고
꿍얼꿍얼거리는 아버지는 너무 가벼웠다
그렇게 외면했던 기억의 화상 자국이 생기기 전에
좀 더 천천히 걷는 법을 익혔으면 좋았을 것을

웅크린 등의 곡선을 옮겨다 놓은 것만 같은
저물녘의 저 강은
어둠 속에서만 허리가 펴지는 것인지도 모른다
사람도 어둠에 들면
야생의 기운이 불끈 솟구쳐 짐승으로 진화를 한다는데
하물며 저 강물쯤이랴
누군가는 그럴 테지 등은 굽었어도 심지는 곧을 거라고
숱한 상흔으로 얼룩진 내 시간의 담벼락엔
보름에서 사나흘 지난 달빛이 피식거렸고
도라지꽃이 만발한 강가 밭엔

날벌레들이 군무를 추며 음영을 드리웠다
아마 강물을 따라 먼저 가신 아버지는 알고 계셨던 것이리라
아무리 똑바로 걸어도
누구나 걸어온 발자국을 뒤돌아보면
저 굽은 강을 닮아
한쪽으로 등허리가 휘어있는 발자국인 것을.

그림일기

1. 해바라기

보셨나요?

흙먼지 풀풀 날리며 운동장을 내달리던 아이들

집으로 돌아가고 노을 젖은 정적이

텅 빈 교실 유리창에 어른거릴 때

교실 밖 후미진 꽃밭에서 기척도 없이 일어나

엉덩이를 툭툭 털고

오늘의 어둠 속으로 걸어가던 해바라기 한 그루를

바람이 몸을 숨긴 삼랑진 강안江岸

새어머니가 만들어준 손수건을

강물이 쌓아 올린 모래언덕에 파묻고 나면

하루의 눈물을 내다 버리고 돌아온 새들은

갈숲 곳곳마다

도깨비 불빛 같은 휴식의 불을 켜고

말을 삼킨 뫼봉산 괴춤에서 빠져나온 어스름이

낙동마을 신촌마을 미전마을까지 널름널름

차례차례로 집어삼키고

파르스름한 치맛자락 나풀대며 방문하는 귀엣말들이
저녁 안개를 따라
밥 짓는 연기가 되어 골목골목 누빌 때

보셨나요?
음악실 풍금의 건반을 밟듯
마을 밖으로 걸어 나와
잎사귀마다 별을 품고 강안江岸에 오래 서 있던
어린 해바라기 한 그루를

2. 어머니, 어머니, 새어머니
스스로 깊어가는 생활의 강마을에서
식솔들은
다 자란 갈꽃처럼 흩어졌다.
늘 샛길로만 다니던 소심한 누나는
초등학교 졸업식을 달포쯤 앞두고
생모生母 찾아간다는 쪽지 한 장 남겨 놓고
서울 근교 어디론가 떠나버렸고
자주 배가 아프던 동생은

하얀 가루가 되어 강물 따라 흘러갔다
홀로 남은 아이의 잠든 머리맡에
눈물로 간추려 모은 달빛 묻어놓고
목숨의 바늘 끝에
밤마다 맑은 귀를 틔우시던 새어머니
마디가 길고 고운 그 손끝에서
수시로 날아들던 구설口舌의 불티들은
봉황이 되어 날아오르고
뼈아픈 속울음은 더욱 질긴 올실이 되어
꽃사슴 한 쌍의 노래가 되어 흘렀다
아랫목 곤히 잠든 아이의 꿈속에도
서천에서 날아드는 새떼 깃들게 다독이시던
아아, 어머니, 어머니, 새어머니.

3. 굴렁쇠
어둠이 엉긴 반짇고리 속에
바람이
새벽의 집을 지을 때
덜컹이는 문소리 탓이었을까

소스라쳐 깨어나던 식구들의 귀

늘 부르튼 발을 주무르시던 아버지의 귀도

곱게 접힌 바느질감 숲에 누운

새어머니의 귀도

새벽잠 얕은 강물 위에 둥둥 떠다니고 있었다

그렇게 불안한 식구들의 귀가 모여

목숨의 비탈에 집을 지을 때

강물이 되어버린 동생을 따라

하루 왼 종일 강둑을 따라 걷던 아이는

강 건너 도시의 변두리 어디쯤

또 하나의 달팽이 집을 짓고

비로소 보았다

누구도 멈출 수 없는 커다란 굴렁쇠 하나

강을 닮은 숨결로

천천히 구르고 있는 것을.

'제1회 무성서원武城徐遠 백일장 작품공모'에 심사자로 참여한 작가들은 '작품공모'가 1회라는 사실에 주목했으며, 첫 공모이니만큼 꼭 좋은 작품을 선별해야 한다는 책임감이 심사자들의 어깨를 짓누르고 있었음을 고백하지 않을 수 없다. 알려진 바처럼 무성서원은 고운 최치원 선생과 불우헌 정극인 선생을 배향하고 있는 우리나라 유일의 서원이며 인근에 비운의 왕후인 단종의 왕비, 정순왕후가 출생한 곳이 있기도 하다. 하여, 작품공모 시제 또한 "불우헌不憂軒 정극인 등 무성서원 배향 인물의 삶과 사상", "정읍시 소재 문화재(유무형)", "봄(春)"이었다.

대개, 역사적 사실이나 인물 등이 등장하는 문학공모전의 경우, 공모된 작품이 이를 설명하기 위한 '진술'이 강한 반면, 문학적 형상화가 미숙한 경우와, 또한 지나친 문학적 형상화에 치우쳐, 주제의 일관성을 놓치는 경우로 나뉘는 것이 일반적이다.

이번 작품공모도 이러한 경향에서 크게 벗어나지 않았다. 심사자들은 '공모된 작품이 시제로 제시된 주제에 관한 진술의 일관성이 있는가?'와 '주제의 일관성과 더불어 이에 걸맞는 예술적 형상화가 이루어졌는가?'를 심사의 기준으로 정하였다. 심사자들의 오독으로 인해 좋은 작품이 탈락하지 않도록 각자 숙독하는 시간을 충분히 가졌으며 여러 번의 숙독과 논의 끝에 작품공모 대상에 시 부문에 투고된 '봄-백일홍'을 운문부 최우수상에 '언니의 봄'과 산문부 최우수상에 '잃어버린 봄'을 선정하는데 합의하였다. /심사위원-이병초, 배귀선, 장마리, 정동철, 박태건, 김성철 세월이 깊어질수록 새록새록 느껴지는 것이 사랑은 시작하기는 쉬워도 지켜내기엔 간단하지 않다는 사실입니다.

씨앗이 싹을 틔우듯 시작된 사랑은 잎을 피우고 줄기를 세우고 열매를 매달았습니다.

그렇게 키워가는 사랑은 땀과 희생과 눈물과 인내의 자양분을 필요로 한다는 것을 깨닫게 하였지요.

이 땅에서 청각장애를 가지고 사는 삶은 결코 녹록지 않은 날들입니다.

하지만 어쩔 수 없이 아들로서 기둥이 되고, 남편으로서 언덕이 되고, 아버지로서 울타리가 되어 살아내어야 하는 일상은 하루하루 내 안의 자잘한 욕심들을 덜어내게 하였습니다.

언제부턴가 그런 일상들이 한 편의 시로 차곡차곡 쌓이기 시작했습니다.

언젠가 나의 시를 엮어 한 권의 책으로 만들 수 있다면 내가 사랑하는 사람들에게 선물로 나누어 줄 수 있으리라 꿈꾸며 오늘도 인천 앞바다를 바라보며 자투리 시간마다 한 소절씩 적어 나갑니다.

금번 무성서원 백일장을 통해 나의 시가 다른 사람에게도 울림을 줄 수 있다는 사실을 확인할 수 있어 마음이 따뜻해지며 감사함이 넘쳤습니다.

응모를 한 후 바쁜 일상 속에서 까마득히 잊고 있었는데 불현 듯 수상 문자 통보를 받아 그 기쁨이 배가 되었던 것 같기도 합니다.

오래전 읽었던 상춘곡 속 복숭아꽃 살구꽃 흐드러진 저녁 햇살 속에서 술잔을 들어 향기는 잔에 지고 꽃잎은 옷에 진다고 읊었던 옛 선인의 감흥이 잠시나마 일상의 고단함을 씻어주는 물결이 되어 내 안을 흠뻑 적셔주는 것 같았습니다.

뽑아주신 심사위원님들께 감사드립니다.

앞으로도 무성서원 백일장이 지속 되어 해마다 이 땅의 고결한 문학의 꽃을 무성히 피우는 축제로 든든히 자리매김하길 기원합니다.

늘 곁에서 힘을 주는 사랑하는 사람과 함께 수상을 기뻐하고 즐거워하며 앞으로도 꾸준한 정진을 다짐합니다./이석재

운문부

최우수상	김경애
우 수 상	박찬희
	전해인
장 려 상	김완수
	김정하
	양하얀
	이은영
	장서영
	지주현

녹양방초는 세우 중에 푸르도다

언니의 봄

김경애

황소 앞을 지나지 못해
오빠도 울고 나도 울었다.
나를 업은 언니는 오빠 손을 잡고
소 앞을 씩씩하게 지나갔다.

학교 가지 말고 애덜 봐라!
동네 친구들 국민학교 졸업장에
언니 얼굴만 도려져 있었다.

온종일 햇빛 한 줌 들지 않는 지하에서 미싱을 돌렸다.
봉급 날 사 온 콜라 알사탕으로 식구들 잔치를 했다.
언니의 뼈와 살인 줄도 모르고, 단맛 다 빠질 때까지
빨아 먹고 핥아먹었다.

복사꽃처럼 해사했던 언니,
일자무식에 늙은 남자와 결혼해 딸 둘 낳았다.
예순두 살 말라깽이로 아직도 공장에서
황소보다 씩씩하게 뼈와 살을 깎고 있다.

언니의 봄은 언제 올까요.

이른 봄의 메모

박찬희

마당을 잃어버린 집, 뒤섞인 앞뒤에 문이 없다
들창문을 내고 볕 좀 들게 하고
오래 쓴 시간을 빨아서 넌다
느슨한 줄이 버텨낼 수 있는 얼룩의 양을 고려하고

오염되지 않은 햇볕을 좀 받아다가 풀고
바람의 무늬에 맞춰
반백 년 묵혀 둔 해묵은 습관은 걸러내고
삐딱한 생각은 반듯하게 돌려놓는다

어떤 날은 내 손 밖에 있다
정제되지 않는 날들이 많아
아무리 손을 씻어도 잡히지 않는 것은
바람이 씻어 말리게 그냥 놔 둔다

누군가에게서 들은 허무맹랑한 세탁법은 버리고
나름대로 헹궈서 너는 시간
행간에 낀 때를 다 빼내지는 못했어도
시원섭섭한 일을 해치운 늦은 오후

뒤집어 내놓은 시간이 고스란히 마를 때쯤
보다 가벼워진 몸이 보채는 대로
괴발개발 써내려 가는 이른 봄의 메모
한 줄 한 줄 괄호에 넣고 뒤로 넘기는
지난 계절의 동통疼痛

봄을 열어주는 열쇠! 봄비

전해인

봄비가 땅으로
내려앉네

아기 새싹
작은 초록얼굴 내밀라고

꽁꽁 얼어붙은
땅을 열어주는 열쇠

따뜻한 봄을 열어주는
봄비열쇠

붉은 공력

김완수

함께 뜨거워지려면 정읍에 가야 한다
내장산 단풍 들러가는 길
비구니의 발그레한 낯빛처럼
산은 몰래 수줍은 물 들었다

우화정은 그대로 있었다
연못에 비친 제 얼굴에 발 묶였는지
정자(亭子)의 날개는 여태 돋지 않았다
새벽이면 또 물안개가 아른거릴 테니
나는 우화정 전설에 귀가 솔깃하지 않는다

누가 단풍 소식은 북녘에서 온다 했나
내장산 나무마다 손에 꽃물 들이면
선운사 남은 꽃무릇이 원 없이 시들 테고
백양사 애기단풍은 보채며 달아오를 테니
세상 물드는 것은 내장산의 공력이리
나는 방향 찾기를 그만두고 중심이 된다

문득 꽃물 번진 하늘가에서 불어오는 바람

임진년 승군들의 함성처럼
나무들 손이 우르르 핏빛을 띠고
신선봉이 퍼덕였다는 얘기 들리면
우화정도 한 번쯤 죽지를 떨지 않았으랴

풀벌레들이 승군같이 나와 절창할 때
내게도 붉은 공력 번진다
내장산은 제 안에 숨겨진 것 다 내놓고
나는 산에 비밀로 눌러앉겠구나
사람도 하루도 물드는 가을 내장산
한데 어우러지려면 정읍에 가야 한다

봄 너는

김정하

내게 무관심하다
나를 가장 오래 봐왔음에도
내가 왼손으로 글씨를 쓰는지 모른다
생일이 어느 계절인지 모른다

이기적이다
너의 말에 배려는 머무르지 못했다
너는 그것을 왜 자랑스러워할까
너는 내게 어떤 온도의 진심을 풋사과로도 말한 적이 없다
너에게는 사소했을까 나에겐 제법 진심으로 남았다

그중 초록은 가장 무관심하며 이기적이다
겨울의 모든 것을 무시하고 덮어버린다
차갑게 굳었던 땅도
짓밟혔던 얼룩덜룩한 눈도
너 따위에 신경 쓸 이유를 모르겠다는 듯 제 무대로 쓸 뿐이
었다

어쩌다 봄은 그렇게 되었을까

나는 모른다 나 또한 무관심과 이기적임에 전염되었으므로
내 책임은 없다 그리고 시간 또한 책임은 없다

그래서 우리는 지나치게 맞지 않는다
너는 너무 급하고, 나는 너무 늦는다
너무 급한 너는 내 질문에 숫자가 사라져도 대답을 하지 않았다
너무 늦는 나는 그것에 내가 어느 부분을 실수한 걸까 불안으
로 내일을 썩힌다
우리는 또 서로를 이해하지 못했다

봄에 피는 거베라라는 꽃, 아니?
알겠지 너 모르는 거 없다며
아무튼 나는 네가 거베라 같아
풀 수 없는 수수께끼

…… 서로의 가끔 친절함에 간신히 풀 붙이는 것 같아
그냥 그 순간 때문에 또 눌러놓고 꺼내지 않는 것 같아
봐 이 말도 눌러놓기만 하잖아
나는 우리의 사이를 모르겠다

남들은 우리를 친구라고 불렀다

그러나 우리는 아직도 서로를 어떻게 부를지 정하지 못해 야,
라고만 부른다

피난처 향기

양하얀

연꽃잎 끼리끼리 부딪쳐
향기가 그대처럼 깃들고 있습니다

지친 노을이 지고
까만 새들이 모였다가 흩어지며
날개를 접고 있습니다

진흙 속에서
수줍게 연꽃은 피어났습니다
바람이 흔들어도 흐트러지지 않는
심중의 말마저 풀어놓습니다

그대 잘 지내고 있나요?

꽃잎 위로 꽃잎이 포개집니다
향기를 찾아왔던 까만 새들은
어느새 고요해졌습니다

어스름 속에서도

피향정 연꽃은 마냥 푸르릅니다

무성서원, 필사하다

이은영

귓불 붉어진 별자리가 서원을 넘는다
강학당, 환한 풍경이 배롱나무에 걸려
우듬지에 발자국을 새기면
묵향이 바람의 갈래 따라 자물린다
강수재, 앞마당을 벗어난 담장에 기대
그림자 밟고 올라선 안온한 풍경
갈맷빛 만연체로 행간을 채운다
오래전 묵묵히 고여 있는 시간이
곧은 세상으로 들어가는 길을 내고
손끝에서 손끝으로 신산한 지문이 얽힌
글자의 검은 획이 숙연하다
붓끝에 전해지는 숨소리가 들리고
글 읽는 목소리가 새벽을 넘기면
새벽 달빛 당겨 각주를 걸어 놓고
곧은 마음 꿰찬다
산새 소리가
화선지에 물 흐르듯 유순한 흘림체를 뱉어내고
벽을 깨지 못한 언어를 부화하면

유생들은 바람에 닳은 둥근 어법 적는다
앞마당의 창창한 은행나무
가지마다 여물어가는 문장을 매달고 있다

누가 깨워줄까?

장서영

봄이 오는
들판은
개학 날 같다.

여기저기서
새싹들이
문 열고 나오는데

학교 갈 생각에
늦게 잠든 새싹
콜콜콜
자고 있다.

어쩌나
엄마 아빠는
일 나간 지 한참인데.

거대한 봄

지주현

처음엔 그저
꽃 몽우리 하나 생겼구나 싶었다

어떻게 보면
작은 점 같기도 했는데
이 작은 점 속에서
하루 이틀 사흘 꽃 몽우리
가슴 설레어 부푸는 동안
나는 도무지
아무것도 모르고 있었다

유리 종 치는 소리
은빛 햇살 차르르 쏟아지던 어느 날
나뭇가지마다 꽃 몽우리 활짝
터트리던 어느 날
그동안 꽃 몽우리 속에선
그토록 때를 기다리던
봄의 온기 거세게 뱅글뱅글

소용돌이치고 있었는가 봐

움츠러들고 구겨졌던 꿈
우리들의 꿈
안에서 부풀고 부풀다
드디어는 꽃잎 활짝 펼쳐져
온 세상 하얗게 흩날리네

우리들 뺨에 가볍게
그러나 거대하게

무성서원 백일장 응모 작품을 대한 것은 시월의 주말 오후였다. 심사장 옆으로 흐르는 동진강에는 가을 햇살이 윤슬로 번쩍거렸다. 어린이부터 노년에 이르기까지 전국에서 보내온 투고작의 언어들은 강물 속을 헤엄치는 싱싱한 은어 떼처럼 심사위원들의 가슴을 휘감았다. 심사자들은 무성서원 마당을 지켜선 은행나무에 충실히 들어찬 열매처럼 고른 작품을 일차로 골라내느라 힘들었다.

투고된 작품을 일독하면서 심사자들이 나눈 이야기는 '부족한 부분이 매력이 될 수 있다'는 것과 '진솔함의 힘'이었다. 다수의 작품에서 발상의 참신함에 비해 뒷부분으로 갈수록 주제의식이 흐려지는 형태를 발견하였다. 또한 감탄사와 영탄법을 남발하는 경우가 많았다. 작가의식이 소재에 갇혀 있다 보니 작품의 전개가 역사적 사실의 진술이나 표면적 묘사에 머무르고 마는 한계를 보였다. 상상력의 힘으로 좀 더 나아갔으면 하는 아쉬움이 드는 작품이 여럿 있었다.

예심 후에 진행된 본심은 심사자들이 거듭 의견을 물을 정도로 신중해야 했다. 최종적으로는 코로나 시대에 가족 서사에 집중한 작품이 심사자들의 호응을 얻었다. 무성서원 백일장 시행이 처음이다 보니 모험적인 작품보다 안정적으로 작품 활동을 지속할 것 같은 스타일이 더 미더웠던 것도 사실이다. 선정된 작가의 성장이 기대된다. 자신의 한계를 극복해서 자기 언어를 발견하는 성취를 이루길 바란다./심사위원-정동철(시인), 박태건(시인), 김성철(시인)〉

산문부

처마 끝에 낙수 지니 초록은 더욱 짙어지고

잃어버린 봄

박미랑

 가을이 장독대에 머무는 한낮, 담벼락에 기댄 단풍나무가 울안의 가을을 물들이고 있다. 장독을 닦다가 항아리를 기대고 내장산 쪽을 바라본다.

 지금처럼 단풍이 홍등을 켠 듯 멀리 내장산을 밝히거나, 이른 봄 어울어울 흐르는 천변을 따라 벚꽃 흩날리면 나는 괜스레 종당거리며 남편의 눈치를 보게 된다. 어디론가 훌쩍 떠나고 싶기 때문이다. 바쁘게 사는 것은 차치하고 로맨틱하고는 거리가 먼 남편은 가을 단풍은커녕 봄날 벚꽃놀이 가는 것도 달가워하지 않는다.

 내가 살고 있는 곳은 단풍뿐만이 아니라 봄이면 벚꽃이 상춘객의 걸음을 불러 모으는 곳이다. 가을의 단풍과 벚꽃이 일상에 지친 사람들을 위로하는 정읍은 관광의 도시이자 문화의 고장이기도 하다. 최근 무성서원이 유네스코 세계유산에 등재되어 정극인의 상춘곡이 새롭게 조명되고 있는데, 봄의 정취를 정극인만큼 유려하게 표현한 시가 또 있을까.

 상춘곡은 정극인이 지은 《불우헌집》에 들어있는 가사다. 때문에 봄바람 창창한 날 꽃잎의 군무가 절정에 이르면 상춘곡 한 소절을 떠올리지 않을 수 없다. 내용 중에서도 "칼로 마름질해 내었는가, 붓으로 그려 내었는가"라는 표현은 명징함을 넘어 서

늘함마저 들게 한다. 말하자면 봄날의 풍경이 칼로 재단한 것처럼, 붓끝으로 그려낸 듯 아름답다는 말일 것인데, 문장의 은유도 은유이지만 안빈낙도의 삶 가운데에서도 서정을 잃지 않은 사유가 느껴진다.

한때는 상춘곡의 풍류에 덧붙여 '시처럼/음악처럼/바람처럼 흐르다가/불꽃이 되고 싶소/들꽃이 되고 싶소'라는 문장을 지어놓고 한 생 유유자적 살아가기를 꿈꾸었지만 가슴의 폭이 작아서인지 이상과 현실의 사이에서 매사 천둥벌거숭이 같았다.

꾸밈을 앞세우지 않아도 좋은 삼십 대의 어느 봄날 나는 남편을 겨우 설득하여 정읍 천변의 벚꽃을 찾은 적이 있다. 너울거리는 내 마음을 아는지 모르는지 남편은 무심히 운전대를 쥐고 천변을 향했다. 초록이 굼실대는 보리밭을 지나 천변 주차장에 들어서자 벚꽃이 비처럼 내리고 있었다. 결혼 후 나들이는 처음이라서인지 어색한 팔짱은 주변을 두리번거리게 했다. 그때 맞은편에서 다가오는 남자가 나를 유심히 쳐다보는 것 같았다. 낯익은 얼굴이었다. 그냥 지나치려 했으나 눈치 없는 그 사람은 "안녕하세요?"라며 인사를 건넸다. 입을 다물고 있으면 남편이 이상하게 생각할 것 같아 "네, 오랜만이네요." 하며 받아넘겼다. 그 남자는 나와 남편을 번갈아 쳐다보더니 더 이상 질문하지 않고 지나쳤다.

한순간의 정적이 흐르고, 무슨 생각을 하는지 남편의 걸음이 느려졌다. 남편이 무겁게 말문을 열었다. "누구야?" 억양은 차분했지만 속내는 궂은날 굴뚝의 연기처럼 무거웠다. 발끝에 얹힌 남편의 시선은 마치 심문이라도 하는 듯 내 대답을 재촉하고 있었다. 나는 속웃음을 지으며 아무렇지도 않게 "벗고 만나는 사이야"라며 대답을 했다. 순간, 남편은 돌부처가 된 듯 했다. 한 번도 본 적 없는 그런 눈빛이었다. 평소 별 뜻 없이 슴벅슴벅 말하는 버릇이 있긴 하지만 수영장에 다니는 사람이라면 누구나 농담처럼 하는 말인데 남편은 내 의도와는 전혀 다른 쪽으로 생각한 것이다.

팽팽한 긴장감이 길게 느껴졌다. 위아래로 훑어보던 남편은 휙 하니 돌아서더니 성큼성큼 주차장 쪽으로 향했다. 내가 뒤따르는지 마는지 안중에도 없이 혼자서 멀어졌다. 상춘의 설렘이 한순간에 물거품이 된 순간이었다. 천변의 봄은 속절없이 흩날리고 있었다. 평소 애교라도 많았으면 난처한 상황을 어떻게든 돌려보았겠지만 남편의 표정으로 미루어 말 한마디 잘못했다가는 불벼락이 떨어질 것 같아 눈치만 보았다. 삼삼오오 팔짱을 낀 사람들 사이를 비집고 남편은 차에 올랐다. 차 문을 닫는 소리가 벼락처럼 들렸다. 자동차는 굉음을 내며 출발했다.

돌아오는 내내 내 시선은 윈도우브러시에 끼어 있는 벚꽃 한 잎에 고정되어 있었다. 무참해진 봄날은 한동안 집안 구석구석에 찬바람을 몰아왔다. 돌이켜보면 시집올 때 입었던 햇봄 같은 연둣빛 회장저고리가 아직 색을 바래지 않고 장롱에 걸려있던 때였다. 서로를 바라보는 눈길에 꽃샘바람 같은 긴장감이 맴도는 나이이기도 했다. 자연의 섭리를 이해하듯 남편의 마음도 헤아렸으면 좋았을 것을 그때는 왜 그리 자존심 많고 융통성도 없었는지, 내장산의 가을과 천변의 봄을 수없이 보내고 나서야 삶도 나무처럼 찬바람 속에서 꽃을 품고 여물어간다는 것을 알았다.

가을을 물고 온 새 한 마리 뒤란 애기단풍나무에 날아와 앉는다. 짝을 기다리는 듯 날아온 길을 자꾸 뒤돌아본다. 이내 한 마리의 새가 더 날아오더니 함께 가을하늘 속으로 솟구친다. 날아간 가지 끝 단풍잎이 여운처럼 오랫동안 흔들린다. 항아리에 기댄 몸을 일으켜 가을을 손잡아 온 단풍나무를 가만 만져본다.

투박하고 생각 없는 말들이 서로에게 상처가 되기도 했지만 나무처럼 우리 부부도 어느 덧 반백의 뿌리를 내렸다. 때가 되어야 물드는 단풍나무처럼 그날 이후 남편은 나에게 나는 남편에게 물들어갔다. 서로에게 물들어 온 그 기억을 따라 내일은 남편의 손을 잡고 마실을 나가리라. 그 길 끄트머리 무성서원의 현가루에 앉아 정극인의 시안으로 오래전 잃어버린 봄을 호명하여 상춘곡 한번 읊어보리라.

봄비와 칼국수

송승현

엄마는 양같이 순한 동생과 섬머스마 같은 내게 보리밭을 매러 가자며 호미를 챙긴다. 밭 매러 갈 때면 엄마는 동생과 나를 꼭 데리고 갔는데 지금 생각해보니 젊은 여자라 혼자 후미진 산고락에서 일을 한다는 것이 무서웠기 때문이니라. 고분고분한 동생은 그렇다 쳐도 덜렁거리는 내가 싫다고 하지 않고 따라간 이유가 뭘까?

우리는 풀을 매며 엄마의 선창에 맞춰 온갖 가요를 불렀는데 아마 내가 목청 좋다는 말을 듣는 이유일 것이다. 엄마가 제일 좋아한 노래는 이미자의 '섬마을 선생님'이었고 순둥이 동생이 좋아하는 노래는 백설희의 '찔레꽃'이었으며 내가 좋아하는 노래는 남진의 '저 푸른 초원 위에'였다. 그렇게 노래를 부르다 보면 어느새 한 두럭이 남았다. 그럴 때 나는 호미를 마이크 삼아 오른발을 흔들며 저 푸른 초원 위에 그림 같은 집을 짓고⋯⋯ 노래를 부르다 목이 메어 캑캑거리곤 했다. 엄마는 고된 시집살이에 대한 설움을 목이 터져라 소리치며 노래 부르는 것으로 토해냈던 것 같다.

그런데 그날은 밭에 도착하자마자, 나와 동생의 손목을 꽉 붙잡고 우리를 요절낼 것 같은 표정으로 다그쳤다.

"사실대로 말 혀! 할머니 돈 삼천 원 훔쳤지?"

천사 같은 엄마가 사나운 여우로 변해 우리를 윽박질렀다. 동생과 나는 울음부터 터트리고 엄마의 손에서 벗어나려고 버둥거렸다. 하지만 엄마는 작심한 듯 손목을 더 힘주어 잡았다.

며칠 전 할머니의 시오리 보퉁이에서 한 달 내내 고생해서 번 시보리뜨기 품값, 삼천 원이 없어졌다. 할머니는 우리를 의심하고 있었고 엄마에게 그런 내색을 보였던 것이다. 그런 사실을 알지 못한 우리는 굵은 눈물을 툭툭 흘리며 엄마에게 말했다.

"엄마 안 훔쳤어! 안 훔쳤다니까!"

한참 실랑이를 하다 보니 우리는 금세 땀 범벅이 되었다. 하지만 엄마는 우리말을 믿지 않았다.

"너희들이 그렇게 나오면 같이 죽자! 나는 도둑년들하고는 못 산다. 도둑년을 낳은 죄가 나한테 있으니 우리 같이 저기 포강에 빠져 죽자!"

엄마는 찻길 너머에 있는 내장저수지로 우릴 끌고 갈 기세였다. 죽음이라는 말 때문에 동생은 바지에 오줌을 지리며 그악스럽게 울었고 나 또한 몹시 두려웠다. 결국 거짓 자백을 할 수밖에 없었다.

"엄마, 잘못했어! 내가 다 얘기할게, 제발 살려 주세요!"

엄마는 그제 서야 우리 손목을 놓았다. 동생과 내 손목에 손자국이 선명했다.

나와 동생은 삼천 원에 해당하는 목록을 대야 했으므로 서로 얼굴을 쳐다보았다. 동생은 딸꾹질을 해대며 어제 학교에 가다가 점빵에서 보름달빵 100원어치 샀고, 내가 뒤이어 사이다는 50원을 주고 사서 먹었어. 아무리 무엇을 사먹었다고 거짓말을 해도 삼천 원의 목록은 도저히 채울 수가 없었다. 나는 손바닥을 싹싹 비벼대며 말했다.

"엄마, 몰라! 생각이 안 나! 다시는 안 그럴게! 한 번만 용서해 주세요!"

엄마가 후유 하고 한숨을 내쉬었다. 그러더니 머릿수건을 벗어 동생 얼굴을 싹싹 닦아주고 내 얼굴도 닦아주더니 코를 팽 풀었다. 그리고는 눈언저리를 오랫동안 눌렀다가 뗐다. 꿀꺽, 침을 삼켰다. 그 소리가 어찌나 무겁게 들리던지…… 다시 설움이 복받쳤다. 엄마도 알았을 것이다. 우리가 할머니의 돈을 손대지 않았다는 것을…….

집에 돌아온 엄마가 아무렇지 않은 듯 저녁 준비를 했다. 그런데 또 칼국수였다. 함지박에 밀가루를 넣고 작두질을 해서 커다란 고무대야에 물을 가득 담고는 바가지로 떠서 조금씩 흘려넣으면서 밀가루 반죽을 시작했다.

저만치 내장산 골짜기가 병풍처럼 두르고 있고 사백 평에 달하는 집터와 소나무로 만든 대청마루와 미닫이가 있는 기와집, 방 두 개와 부엌 하나가 딸린 안채는 백 살을 넘기고 있었고, 건너 채는 올해 쉰세 살의 동생이 태어나던 해에 새로 지었다. 그래서 '새방'이라고 불렀는데, 지금도 우리는 새방이라고 한다.

그 새방 건너에는 소여물과 메주콩을 쑤는 작은 부엌과 두 개의 방, 두 칸짜리 천장 높은 허청이 있었고 안채와 건너 채 사이에 작두샘이 있었다. 마중물을 붓고 작두질을 하면 주둥이로 펑펑 샘물이 쏟아졌는데, 우리는 여름이면 이곳에서 등목이나 목욕 앞으로 난 뜰에는 황토를 퍼와 가마솥의 부뚜막을 만들었고 초여름부터 늦여름까지 칼국수를 끓였다. 할머니가 좋아했기 때문이다. 하지만 나는 엄마가 밀가루를 치댈 때면 웩! 하고 토하는 시늉을 했다. 그럴 때면 할머니가 세모 눈을 흘겼고 엄마는 작게 한숨을 쉬었다.

　방학하면 유일하게 찾아갈 수 있는 곳이 외갓집이었다. 버스를 타고 한 시간 정도를 갔는데 비포장도로라서 버스가 파도에 배가 흔들리듯 요동쳤다. 외갓집이 있는 정읍에서 내리면 약 먹은 짐승처럼 한나절은 정신을 못 차렸다. 하루도 빼놓지 않고 끓여대는 칼국수가 내게는 그때의 멀미처럼 메스꺼웠다. 여름만 되면 저녁은 언제나 칼국수였다. 수제비라도 끓이면 좋으련만 효부인 엄마는 할머니의 입맛만 맞추었다. 먹을 게 귀했던 시절이라 어쩔 수 없이 그릇을 비웠지만 짜증이 날 수밖에 없었다.

　동네에서 제일 가난한 해순이는 품앗이에서 엄마가 돌아올 때쯤 구 남매의 밥을 하기 위해 연탄불 위에 큼지막한 새마을 솥을 걸쳐 놓았다. 군내 나는 김치를 물에 씻어 송송 썰어 넣고 수제비를 한 솥 끓였는데 그것이 맛있어 보였다.

　할머니는 대청마루에 서서 세모꼴 눈으로 우리를 쳐다보았다. 엄마가 아무런 표정도 없이 밀가루 반죽만 치대고 있자, 팽! 하고 콧방귀를 뀌며 못마땅한 티를 냈다. 아마도 우리를 족쳐 이실직고를 받았느냐는 눈빛이었지만 엄마가 모르쇠 했기 때문이다. 며칠 후 도둑이 밝혀졌다. 작은 아빠가 직장 때문에 사촌들을 우리 집에 맡겼는데 나보다 한 살 위인 사촌오빠가 범인이었다. 할머니는 빨랫줄의 바지랑대를 휘두르며 닭 몰이하듯 사촌을 몰고 다녔다. 엄마에게 미안하다는 말 한마디 하지 않았을 것이다.

할머니는 70킬로그램은 족히 되는 풍채였고 이목구비도 굵직하여 '탱자나무집 할머니' 하면 동네의 개도 벌벌 떨었다. 입도 어찌나 거칠었는지 툭하면 "썩을 년, 싸난 년!" 했는데 유독 미워했던 내게 해댔다. 아마도 당신을 닮았기 때문이리라. 동생은 착해 무엇을 시키면 네에, 하고 달음박질을 쳤지만 나는 왜 나만 시키느냐, 상석이는 왜 안 시키느냐고 대들었다. 그러면 할머니는 눈을 부라리고 발을 구르며 소리쳤다.

"저 싸난 년이 제 오라비를 친구인 양 상석아, 상석아, 부르는지 몰라! 에이, 썩을 년!"

오빠는 나보다 세 살 위였지만 착해서 그저 배시시 웃고 제가 할게요, 라며 자리에서 일어났다. 고등학생이라 시내에서 자취를 하다가 주말이면 반찬 등을 가지러 왔다. 오빠가 오면 할머니는 우리를 더 많이 부려먹었다. 할머니는 회초리를 들고 나를 쫓을 때도 있었는데 그럴 때면 약을 올리며 도망다녔다. 그 모습을 엄마에게 들키면 눈을 부릅뜨고 나를 혼냈지만 곁눈질로 눈을 깜빡이며 신호를 보내던 모습을 지금도 잊을 수가 없다. 할머니는 숨을 몰아쉬며 마루에 앉아 한참 욕을 퍼부었다. 어린 내게 왜 그렇게 모질게 굴었는지 알 수 없다.

오늘이 할머니가 돌아가신 지 십 년이 된 기일이다. 봄비가 추적추적 내린다. 공연히 칼국수가 생각난다. 지갑과 휴대폰을 챙겨 들고 상가로 나간다. 며칠 전에 정읍 시내에 손칼국수 집이 문을 열었는데 제법 한다는 소문이 있다. 엄마와 동생에게 전화를 건다. 칼국수나 한 그릇 먹고 같이 할머니 산소에 가자고.

경계에도 꽃이 핀다

진기은

회색 벤츠가 떠억 하니 미용실 입구를 가로막고 있었다. 아니 벤츠의 꽁무니가 출입문과 한 뼘도 안 되게 붙어있었다. 혜정은 에이…… 욕을 뱉었다. 몸을 옆으로 해서 게걸음으로 거우 출입문까지 들어갔다. 손지갑에서 열쇠를 꺼내 구멍에 맞추고 돌렸다. 안쪽으로 여는 문이라 그나마 다행이었다. 벤츠 꽁무니에 발길질하고 손잡이를 쇠기둥에 묶어 고정했다.

화분에 식물 키우기를 좋아한 혜정은 산세비에리아, 벤저민, 행운목 등을 키우고 있는데 거울을 타고 올라가 벽 한 면을 차지한 스킨답서스가 봄기운을 받아 더 파릇했다. 혜정은 화분에 물부터 주고 휴대전화를 들었다. 벤츠의 주인인 태식에게 전화를 걸었다. 신호는 가는데 받지 않았다.

혜정이 운영하는 혜정 미용실은 대학교 후문을 경계에 두고 있다. 큰 도로를 사이로 건너편은 자연녹지인데 시장(市長)이 새로 바뀌면서 상업지구로 변했다. 규제가 풀리자 상가와 원룸이 우후죽순 들어섰다. 학교 정문보다 이동인구가 더 많아졌다고 혜정은 느꼈다. 그러나 혜정이 있는 곳은 개발의 손길이 아직 닿지 않았다. 옛날 건물이 그대로 존재하고 있었다. 5층짜리 벽돌 건물과 지붕 낮은 슬래브집과 양옥집. 그리고 좁은 골목…… 5층 건물에는 몇 년 전부터 종교재단의 요양원과 호스피스 병원이 들어섰다. 그곳은 차단기가 처져있어서 좁은 골목은 주차 때문에 싸움이 잦았다.

학생들은 4차선 도로 건너에 있는 혜정 미용실을 찾지 않았다. 간혹 찾아 들어왔다가도 동네 할머니나 아주머니들이 파마수건을 두른 채 마늘이나 콩깍지를 까고 있는 모습을 보면 뒷걸음질 쳤다. 시내의 숍이나 디자이너라는 이름의 미용실보다 미용요금이 저렴했지만, 혜정 미용실의 고객은 경계 안쪽의 이웃들이었다. 덕분에 그런대로 운영해나갈 수 있었다.

"아이고, 그 진상이 또 주차해 놓고 갔구나? 이거 영업 방해인데 경찰서에 신고해버려!"

사십 년 친구 경자다. 요양원으로 출근하는 중인지 모습이 그래도 산뜻했다. 경자가 쇼핑백을 내밀었다. 어제 친정집에 갔다가 감자를 얻어왔다며 맛을 보라고 했다. 호스피스 병원에서 요양보호사로 일하고 있는 경자네와 미용실은 10분 거리에 있었다. 그래서 제집처럼 드나들었다. 성격 좋고 괄괄한 경자가 혜정은 좋았다. 경자가 미용실에 들르면 언니에게 고자질하듯 속마음을 꺼내 보였다. 경자는 24시간 근무를 하고 다음 날 하루를 쉬었다. 쉬는 날이면 미용실에 와서 혜정의 손이 달릴 때마다 어르신들의 머리도 감겨주고 풀어놓은 롤을 씻어주기도 했다.

혜정은 찾아갈 친정집이 없다. 그러나 경자는 아직도 부모님이 건강해서 농사를 짓고 있었다. 경자는 친정에서 푸성귀를 얻어오면 혜정의 몫을 챙겨주었다. 점심때가 되면 양푼에 식은 밥과 고추장, 상추를 손으로 뜯어 넣고 비빔밥을 만들어 숟가락

몇 개 꽂아 탁자 위에 놓으며 제집 인양 끼니를 때우자고 손님까지 불러 모았다. 봄비가 추적추적 내리는 이맘때에는 멸치로 국물을 내고 달걀을 풀어 따뜻하게 국수도 나누어 먹게끔 했다.

경자가 가게를 나서려다가 탁자 위에 놓인 가위와 피 묻은 휴지를 보고 혀를 끌끌 차며 말했다.

"그 진상이 어제 코털 자르고 갔지?"

어제 문을 닫으려는 찰나, 어르신이 들어와 머리를 잘라 달라고 했다. 흰머리가 반백이라 염색을 해야 할 것 같다고 했더니 염색 값을 묻고는 그냥 머리만 잘라 달라고 했다. 약값이 부담인 모양이라고 생각하여 다시 권하지 않았다. 얼추 다 되어 갈 무렵 태식이 들어왔다. 저녁에 약속이 있다며 드라이를 좀 해달라고 했다. 혜정은 시계를 보았다. 8시가 다 되어가고 있었다. 남편이 저녁 근무를 하러 갈 시간이었다. 머리를 감기고 말리려면 적어도 30분은 소요될 것 같았다. 그래서 안 되겠다고 했다. 태식은 별말 없이 헤어드라이어를 켜고 제 머리를 만졌다. 혜정은 어르신의 머리를 감기기 위해 샴푸실로 갔다. 머리를 감기고 제 자리로 돌아왔을 때는 태식이 사라지고 없었다. 급하게 가게 문을 닫고 집에 가느라고 어제는 살피지 못했다.

태식은 대학로에 원룸을 몇 개 가지고 있다. 당시는 주차장법에 저촉이 안 돼 주차공간을 확보하지 않아도 건물을 짓는데 별 문제가 없었다. 그래서 원룸은 주차공간이 매우 부족했다. 태식은 혜정 미용실 앞에 제 주차장인양 사용했다. 태식의 막무가내식 주차에 불편한 심사를 드러냈지만, 단골이라는 말로 혜정의 입을 막았다. 오며 가며 코털을 자르고 갔고. 간혹 미용가위에 피가 묻어 있거나 코털이 달라붙어 있어 짜증이 났다.

경자는 스프레이를 헝클어진 머리에 뿌리고 빗으며 말했다.

"그 졸부가 몇천 원 가지고 벌벌 떤다며?"

경자의 말이 맞는지도 모르겠다. 머리만 감겠다고 하면서 드라이까지 해달라고 하고, 오며 가며 커피는 물론 손님들을 위해 마련해 놓은 사탕까지 들고 가는 것을 보면. 미용요금을 낼 때도 끝돈 2천 원은 내지 않았다. 대학로는 커트 값이 만 오천 원으로 인상된 지 오래다. 혜정은 동네 어르신들이 이용하는 곳이라 차마 그렇게 할 수가 없었다. 태식은 아직도 만 이천 원을 받느냐며 그것 받아서 어디 남는 게 있겠느냐고 생각해주는 척 말했지만, 명품 지갑을 꺼내고 신용카드밖에 없다고 했다. 신용카드 리더기가 없다는 것을 알면서도 언제나 그랬다. 잔돈이 없다며 만 원짜리 한 장만 주었다. 나머지는 다음에 주겠다고 했지만 받아 본 적이 없다. 혜정이 미간을 찌푸리자 태식이 지갑 안을 보였다. 달랑 만 원짜리 한 장뿐이었다. 어이가 없었지만 어쩔 수가 없었다.

경자가 출근해야겠다며 스프레이를 내려놓고 나가려다가 말했다.

"엊그제 그 어르신 열반하셨어."

혜정은 놀랐지만 짐작한 일이라는 듯 그랬구나 라고 혼잣말했다.

어르신은 아들이 밀어주는 휠체어를 타고 왔었다. 평소에는 혜정이 병원에 가서 미용 봉사를 했는데, 그날은 아들이 직접 모시고 왔다. 머리를 자르는 동안 아들은 동영상을 찍었다. 마지막 모습이라고 예감한 듯이. 미용이 끝나고 아들은 고맙다고 고개 숙여 인사했었다.

경자는 오늘도 봉사하러 갈 거냐고 물었다. 혜정은 그렇다고 대답하고 오전에 얼른 다녀와야 한다며 가방에 미용기구들을 주섬주섬 챙겼다. 경자는 그럼 먼저 간다며 손을 흔들고 나갔다.

오늘은 한 달에 한 번 병원에서 미용 봉사하는 날이다. 빠뜨린 것은 없는지 다시 살피고 가방의 지퍼를 닫았다. 모자를 썼다. 자전거를 타고 십 분 정도 달려 도착했다. 현관에서 엘리베이터 버튼을 누르고 서 있는데 간호사가 알은척했다.

혜정이 탄 엘리베이터가 오층에 멈췄다. 벌써 줄이 길었다. 링거를 매달고, 휠체어를 타고, 어떤 환자는 침대에 누운 채로…… 대여섯 명의 자원봉사자가 혜정보다 먼저 와 있었다. 자리를 잡고 가방 속에서 기구들을 하나씩 꺼내 거치대로 사용하는 침대 위에 늘어놓았다. 핀셋, 가위, 전동기구, 빗 등…… 혜정이 미용을 배우고 연습 삼아 시작한 봉사가 어느덧 이십 년째다. 환자들을 볼 때마다 큰오빠가 생각났다. 사회복지사가 환자들의 이름을 부르고 미용 봉사자들 앞에 앉혔다. 몇 명의 환자가 혜정의 손을 거쳐 가고 마지막으로 휠체어를 탄 젊은 남자가 들어왔다. 눈이 퀭하고 얼굴이 수척했다. 품이 넉넉한 환자복인데도 복부의 단추가 미어질 듯 팽팽했다. 깡마른 손으로 배를 감싸 쥐고 있었다. 그의 손에는 주삿바늘이 꽂혀있고 링거 거치대에는 링거병이 여러 개 매달려 있었다. 혜정은 그것이 무엇을 의미하는지 알고 있었다. 그의 얼굴에서 오빠의 얼굴이 교차 됐다.

혜정의 큰오빠는 시골에 있는 땅을 팔고 대출도 받아 어렵게 염색 공장을 시작했다. 사업이 막 자리잡혀갈 무렵, 부동산투기 열풍이 불었다. 떴다방 중개업자로 일하고 있는 태식이 찾아왔다. 한 달이면 두 배로 돈을 불릴 수 있다고, 힘들게 일할 필요 없다고, 부동산에 투자하라고 부추겼다. 오빠는 친구를 믿었다. IMF가 터졌다. 기업이 줄줄이 도산됐고 부동산 시장도 얼어붙었다. 오빠의 염색 공장도 예외가 아니었다. 태식이 두 배로 불려주겠다던 땅은 그 누구도 거들떠보지 않았다. 시골집의 땅마저 팔고 버텼지만 결국 부도가 나고 말았다.

오빠가 쓰러졌다. 의사로부터 시한부 위암 선고를 받았다. 가족들은 오진이기를 바랐다. 그러나 의사의 진단은 정확했다. 가족들의 지극정성도 소용없었다. 육 개월 후, 오빠는 영영 돌아오지 못하는 곳으로 갔다. 세월이 많이 흘렀지만. 혜정에게는 서른여섯 살의 오빠로 남아있다.

환자의 손목에서 신상정보를 보았다. 그의 나이도 삼십 대 후반이었다. 오빠 생각이 나서 더욱 정성을 들였다. 그런데 아이를 업고 서 있는 여자가 있었다. 그의 아내인 듯했다. 혜정은 공연히 코끝이 찡했다. 그의 머리가 얼추 마무리되었다. 깔끔해졌지만 환자티가 역력했다. 사회복지사가 한 사람만 더 부탁한다고 말했다. 침상 환자라고 했다. 혜정이 가위를 들고 그에게 다가갔다. 아닌 게 아니라 환자가 침대에 누워있었다. 혜정은 습관처럼 침대 끝에 붙어있는 환자의 신상정보를 보았다. 팔십삼 세였다. 얼굴에 주름이 깊고 햇볕에 그을려 까맣다. 손마디는 대나무 뿌리처럼 툭툭 불거졌고 손가락이 꼬부라져 있었다. 혜정은 아버지의 손을 보는 것 같았다. 혜정의 아버지는 오빠가 세상을 뜨자 화병으로 그다음 해에 돌아가셨다. 해정은 아버지를 생각하며 환자의 머리를 깔끔하게 마무리했다. 드디어 미용 봉사가 끝났다. 혜정은 미용기구에 달라붙어 있는 머리카락을 꼼꼼히 털어내고 알코올로 소독했다.

혜정이 미용 봉사를 마치고 돌아왔을 때, 벤츠가 아닌 검정 승용차가 서 있었다. 아이고, 아예 이곳이 주차장인 줄 아는구먼…… 속엣말을 뱉으며 자전거를 미용실 옆에 세웠다. 승용차에서 남자가 내려 인사했다. 검은 양복을 입은 남자는 가슴에 하얀 리본을 달고 있었다. 남자가 시클라멘을 내밀었다. 한 달 전에 머리를 잘라주었던 어르신의 아들이라고 자신을 소개했다. 고맙고, 감사해서 찾아왔다고 했다. 혜정은 그에게서 시클라멘을 받아들었다. 그러고는 볕이 잘 드는 창가에 놓고 한참을 바라보았다. 창을 통해 들어오는 봄볕이 따뜻했다.

소리를 잡아 마음에 담으리라
— 전라북도 무형문화재 제12호 악기장 서인석

김종서

봄이 오면 정읍에 가리라. 아련한 호남선의 추억을 따라 흘러 가리라. 그 아득한 길이 노령 줄기에서 옷고름을 푸는 곳. 정읍에 가면 빈들에 선 채로 먼 지평선만 바라봐도 좋으리. 서로의 슬픔을 말하지 않은 채 정읍에는 그리움뿐이려니. 그곳에서 누군가를 하염없이 기다려도 좋으리. 따뜻한 바람이 일고 온 천지에 꽃이 가득하여 풍물 소리 봄물로 피어나는 그 땅을 사랑할지니, 봄이 오면 정읍에 가리라. 그곳에 가면 그리운 사람의 북소리 둥둥 울리니, 두근거리는 가슴 달래어 내 청춘의 시간을 물어도 좋으리.

"혀는 결코 옛 맛을 잊지 않아요."
정읍 샘고을시장의 팥죽집. 장인이 팥죽 한 수저에 묵은김치를 곁들이며 찬탄을 터뜨린다. 곰삭은 남도의 묵은지는 시지 않고 깊은 풍미로 팥죽의 그윽한 맛과 조화를 이룬다. 그를 만나면 이런 식이어서 좋다.
"귀도 옛 소리를 영원히 기억합니다."
장인의 전승명가(북, 장구)도 시장 한복판에 자리한다. 우리의 전통문화를 계승하는 귀한 무형문화재가 저잣거리의 어물전, 잡화점과 어깨동무를 하다니.

"아무렴 어떻습니까? 대중과 가까이 있을수록 좋은 일이지요."

장인은 소탈하다. 3대를 이어오고 4대째 대물림으로 북과 장구를 만들면서 문패 앞에 붙는 '문화재'라는 타이틀에 연연하지 않는다. 가업에 대한 긍지는 가득하지만 그 일이 대단하게 뽐낼일도 아니라는 이야기.

북과 장구를 제작하고 체험하는 재인청은 정읍 외곽의 한적한 농촌에 위치한다. 명인은 그곳에서 매일 오동나무를 끌어안고 소가죽을 문지르며 소리 가두는 작업을 한다.

3년 이상 자연 건조한 오동나무를 도끼로 찍어 원통의 장구형태를 만들고 끌과 웃낫으로 정교하게 깎는다. 사각사각 부드러운 재질의 원목이 장인의 손길에 의해 미녀의 허리 모양으로변화한다. 그 황금률은 어디까지나 눈과 손끝의 감각으로 완성된다.

기계로 왕창 찍어내고 나무 조각을 몇 토막씩 이어 붙여 만드는 조립식 장구와는 격이 다르고 소리 자체도 다르다. 그러나가격 경쟁력은 불리할 수밖에 없다. 그런 환경이 이 시대의 장인들을 막다른 길로 자꾸 내몰고 있는 것.

"처음에는 먹고 살기 위해 할아버님, 아버님이 물려주신 일을관성으로 따라했지요. 어려서부터 눈으로 보고 배운 게 북과 장구 만드는 일뿐이었으니까요. 그런데 한 길을 쭉 걷다 보니 이도 운명이다 싶었습니다."

할아버지 서영관(1884~1973)께서는 대목수, 소목수로 나무를 다루는데 능해 악기를 만들기 시작했고, 아버지 서남규

(1924~2005)께서는 본격적으로 악기장이 되어 평생 남도 농악의 도구를 만들었다. 3대인 서인석(1958년생)은 그렇게 숙명처럼 대를 이었고 아들 서창호(1985년생)에게 4대의 배턴을 물려주어 전수자로 삼았다.

"늘 반복되는 일이지만 저는 이 생활이 너무 행복합니다."

허투루 하는 말 같진 않다. 그의 밝은 표정, 푸근한 인상이 정말 그래 보인다. 행복이란 게 뭐 거창하다던가? 팥죽 한 그릇의 포만감, 두승산에서 불어오는 맑은 바람 한 줄기, 잘 먹히는 도끼질과 칼질의 쾌감, 완성된 북과 장구소리의 청아한 울림에서 얼마든지 느낄 수 있는 것.

"정읍은 예로부터 농업지역이라 농악의 풍류가 자연스레 생성됐던 곳입니다. 이런 땅에 나처럼 전통 악기를 만드는 일꾼이 한둘은 있어야 하지 않겠어요?"

장인은 악기 만드는 일과 병행해서 학문적으로 악기 제작에 관한 논문을 발표하고, 재인청에 사람들을 불러 가까이 체험할 수 있도록 공방을 개방했다. 또 직접 풍물놀이 연주자로 활동하며 활동영역을 넓혔다.

"중국산 장구가 대량으로 수입되고 있어 악기장의 공간이 좁아지고 있습니다. 원목을 건조하는데 몇 년 걸리는데 공장에서 찍어내는 제품을 가격으로 어찌 감당할 수 있겠습니까? 하지만 소리를 알아주는 지음知音의 고객이 없진 않지요. 그분들이 힘을 주곤 합니다."

영화 '워낭소리'의 충직한 황소를 우리는 기억한다. 영화에 담지 않았어도 남도의 들녘에서 주인이 끓여준 여물을 씹고 베어다 준 꼴을 되새김질하며 쟁기를 끌었던 모든 소들은 농부의 애틋한 가족이다. 비육우로 목장에서 키워진 소에 비해 농가의 외양간에서 애환을 함께 한 한우 누렁이는 서사敍事 자체가 특별한 법. 오랜 세월 동행했던 누렁이가 늙어 죽자 농부는 고기를 취하지 않고 무덤을 만들어 묻어주었다. 사람은 이름을 남기고 동물은 가죽을 남긴다고 했던가? 주인은 누렁이의 가죽을 장인에게 맡겼다. 그 가죽으로 북과 장구를 만들어달라고. 북을 칠 때마다 누렁이의 울음소리가 귓전을 맴돌고, 장구를 칠 때마다 녀석의 반가운 꼬리질이 눈에 선할 것 같다고.

그러나 악기를 만드는 동안 누렁이의 주인도 노환으로 세상을 떠나고 말았다. 그로부터 한참 후, 이웃 고장의 유명한 무당巫堂이 장인의 공방을 찾아왔다.

"어이, 큰 씻김굿이 잡혔는데 쓸 만한 장구 없는가?"

그녀는 장인의 허락도 받지 않고 공방 진열대의 장구를 손가락으로 툭툭 쳐보며 한 바퀴 돌았다. 그리고 누렁이 가죽으로 만든 장구 앞에서 한동안 멈춰서더니 대뜸 끌어내렸다.

"이놈 소리가 예사롭지 않아. 한 번 쳐봐도 쓰겠는가?"

장인의 대답이 떨어지기도 전에 그녀는 장구채를 쥐어들고 바닥에 앉아 연주하기 시작했다.

덩덩딱딱 덩덩쿵~ 웅딱, 덩덩딱딱 덩덩쿵~ 웅딱~

"화공은 상탕에 머리를 감고, 중탕에 몸을 닦고, 하탕에 수족을 씻고 꽃을 구하러 떠난다~ 앞바다 열두 바다 뒤 바다 열두 바다 스물네 강을 건넌다!"

그녀가 신명나는 장구 연주에 소리 한 가락을 걸지게 토하고 나서 말했다.

"장구를 잘 만나야 용한 무당이 되는 법인디, 내가 오늘 여기서 제대로 짝을 만났구만. 궁편은 깊고 그윽하며 웅장하고 채편은 맑고 짱짱한 성음이 나니 음양의 조화가 절묘해. 값은 자네가 부르는 대로 쳐줄 테니 이 장구를 주소."

누렁이 가죽 장구는 그렇게 임자를 만났고, 명기名器를 만난 무당 또한 노령산맥 앞뒤로 용하다고 소문이 나 굿이 끊이지 않고 들어왔다는 이야기가 신비롭다.

둥둥~ 북이 울리면 하늘이 열리고 땅이 울리며 우리들의 심장이 요동친다. 천년의 소리를 담아 북과 장구에 담는 승고承鼓 서인석 장인이 있어 정읍이 언제나 그립다.

■ 장려상

마지막 봄날

박미연

"아무튼, 자취는 안 된다! 좀 멀어도 큰 집에서 버스 타고 다니거라!"

부모님은 완강하셨다. 결국 나는 커다란 짐 보따리를 양손 가득 들고서 난생처음 집을 떠나 기차를 타고, 버스를 탔다. 수첩에 적은 주소 하나 달랑 들고서 거리의 사람들에게 물어물어 찾아간 큰집이었다.

시골에서 흙 밟아가며 살던 내게 아파트 생활은 처음이었다. 큰아버지 큰어머니, 시집간 큰언니네 가족 네 명, 군대 제대하고 복학을 앞두고 있던 숨 막히게 공부만 하던 막내 오빠, 게다가 이젠 나까지 합하여 모두 여덟 명이 24평 아파트에서 생활하게 되었다. 주변이 온통 아파트 천지였다. 처음으로 시골을 벗어난 나로서는 생활 수준이 다른 곳이었다. 아무리 생각해보아도 이 상황에서 편하게 지내기란, 쉽지 않을 것 같았다. 아침 일찍 큰집을 빠져나오려 했고, 되도록 늦게까지 밖에 있다가 집으로 향하곤 했다.

고3, 꿈을 꾸었다. 대학생이 되면 하고 싶은 것들에 대한. 누리고 싶은 자유가 그중 가장 행복한 상상이었다. 일탈이라곤 있을 수가 없었다. 아껴두어야 했다. 그렇게 꿈꾸었던 스무 살이었다.

어느 새벽에 조용히 등교 준비를 하는데 큰아버지의 기침 소리가 들려왔다. 겨우내 기침이 심해 힘들어하셨다는 이야기를 들은 터였다. 숨이 넘어갈 듯 혹독한 기침이었다. 엄동설한을 버텨온 큰아버지의 기침이 더욱 끈질기게 삼월의 차가운 아침 공기 속을 헤매고 있었다. 사월, 아니면 오월이면 큰아버지의 기침이 잦아들겠지…. 아직은 날이 차가우니…. 아주아주 따뜻한 봄이 오면 큰아버지의 몸이 편안해지실 테지…. 복잡한 생각을 하면서 학교로 향했다. 버스에 올라 창밖을 바라보았다. 문득 도대체 여기는 어디고, 나는 어디를 향해 달려가는 것인가, 엉켜버린 실타래처럼 생각이 많아졌다.

심란했던 하루를 보내고 아침에 탄 버스와 같은 번호의 버스를 타고서 다시 큰집으로 돌아와 막 현관문을 열고 집으로 들어서던 참이었다. 기다렸다는 듯 현관에 나와 있던 큰어머니가 나를 잠깐 보자고 하셨다.

"미연아, 잠깐만 여기 좀 앉아 봐라."

큰어머니가 조용히 부르셨다. 온통 검은 낯빛으로 나직이, 그러나 무언가를 단호히 결심한 듯 나에게 이야기를 하셨다.

"미안하다. 내가 더 이상 너를 거둘 수가 없겠구나."

이상하다. 큰아버지의 기침 소리가 들리지 않는다. 아침까지만 해도 분명 숨이 멎을 듯 기침을 하셨는데….

"큰아버지가 많이 편찮으시다…."

앙상한 뼈마디, 힘이 하나도 없어 늘 누워만 지내셨던 큰아버지는 말기 암이었다.

"오늘 그냥 가거라. 기차역까지는 데려다주마."

겨우 끊은 기차는 밤 열한 시, 몇 시간을 역 대합실에 앉아 있었다. 핸드폰도 없던 시절이었다. 긴 시간 동안 아무것도 할 것이 없었다. 그리고 자정이 넘어 고향에 도착을 했다.

봄밤은 날씨가 아주 차가웠다. 겨울 외투라도 챙겨 놓을 걸, 후회해도 소용없는 노릇이었다. 1996년 3월이 막 끝나가던 날이었다. 나의 대학 새내기 시절이 딱 한 달 지날 무렵이었고, 큰아버지가 더 이상 손 쓸 수 없는 상태로 병원에 입원하신 날이었다.

벚꽃이 필 것이었다. 우리 모두 그 아름다운 봄을 온몸으로 맞이하는 중이었지만 큰아버지는 온몸으로 삶을 마감하는 중이었다. 그리고 더 이상 큰아버지에게 봄은 없었다.

"그때, 형님이 나랑 술 한 잔 하고 싶다고…, 얼마나 맛있는 것들이 드시고 싶었을까. 그 생각만 하면 마음이 아프다."

부모님과 함께 마지막 병문안을 하고 난 며칠 뒤에 큰아버지는 돌아가셨다.

장례를 치르고 큰어머니가 나에게 말씀하셨다.

"그날 밤에 너를 그렇게 보내는 게 아니었는데…. 미안했다."

여장부 스타일에 '억척 아지매'로 불리던 우리 큰어머니. 한 푼도 없이 맨몸으로 고향 떠나 정착한 도시에서 나름 자수성가까지 이루어 내신 분이다. 늘 몸이 좋지 않았던 큰아버지를 대신하여 사 남매를 잘 키워내신, 당신의 삶을 가족에게 모두 헌

신한 분으로부터 들을 말이 아니었다.

죄송한 것은 오히려 내가 아닌가. 지금까지 긴 세월 흐르는 동안 안부 연락도 제대로 못 드렸으니…. 세월이 가르쳐 주는 것들이 참 많은 것 같다.

봄

손민지

새하얀 백열등 아래 거북이가 눈을 끔뻑이고 있다. 손바닥만한 거북이는 물을 절반만 담은 어항 안에 놓인 돌 위에 올라가 있다. 나는 노란 사료통을 집어 들어 뚜껑을 연다. 비린내가 훅 끼쳐온다. 나는 사료통을 조금 기울여 희뿌연 물 위로 붓는다. 통 안에서 주황빛 알갱이들이 쏟아져 나온다. 거북이는 느릿느릿 움직여 사료가 흩뿌려진 물속으로 들어간다. 나는 사료들이 거북이의 입속으로 빨려 들어가는 것을 멍하니 지켜본다.

나는 아빠의 방문을 열었다. 방안은 눅눅한 비 냄새로 가득했다. 밖에는 봄비가 며칠 째 주룩주룩 내리고 있었다. 비 맞고 배달한 날은 좀 씻고 자. 나는 퉁명스러운 목소리로 아빠에게 말했다. 하지만 아빠의 둥근 어깨는 아무 대답 없이 위아래로 천천히 움직일 뿐이었다. 어둠 속에서 낮게 코 고는 소리가 들려왔다. 바닥에는 빗물에 푹 젖은 옷들이 마구잡이로 널려있었다. 나는 옷들을 하나씩 집어 들었다. 옷은 무겁고 축축했다. 옷가지를 움켜쥔 손이 서늘했다.

우리 아빠는 중국집 배달원이다. 아빠는 느린 것들을 좋아했다. 서서히 하늘의 끝을 물들이는 붉은 노을이나 따뜻한 바람이 뺨을 간질이는 시골의 여름 같은 것 말이다. 그래서일까 아빠는 남들보다 느리게 나이를 먹었다. 아빠는 10살이 조금 넘는 정신연령을 가지고 있다. 하지만 세상은 그런 아빠를 기다려 주지 않았다. 느릿하게 움직이는 모든 것을 사랑했던 아빠는 붉은 오토바이를 타고 달려야만 했다. 빠르게 살아야 했다. 아빠가 조금이라도 느려지면, 세상은 저만치 앞서나가 있었다. 아빠는 열심히 달렸다. 통장에 찍힌 숫자들이 아빠가 걸어온 길을 증명했다. 아빠는 통장 속 적힌 숫자를 보며 어눌한 목소리로 내게 말했다. 아빠가 돈 많이 벌어서 우리 딸 맛있는 과자랑 예쁜 원피스 사줄게.

그 사람이 집에 찾아온 날은 흐린 오후였다. 아빠는 다른 날보다 일찍 집에 돌아왔다. 옆에는 키가 크고 뿔테 안경을 쓴 남자가 서 있었다. 아빠는 그가 아빠의 동네 친구라고 했다. 남자는 아빠에게 사각형의 명함을 내밀었다. 아빠의 주름진 손에 새하얗고 빳빳한 명함이 쥐어졌다. 남자는 한참을 아빠에게 투자에 대해 이야기했고 지금이 아니면 기회가 없다며 침을 튀기며 말했다. 나는 남자의 쭉 찢어진 눈이 어쩐지 섬뜩했다. 나는 아빠의 옷을 슬쩍 당겼다. 하지만 아빠는 두 손을 가지런히 모으고 고개를 끄덕이기 바빴다. 남자는 날 보고 미간을 찌푸렸다. 넌 아프고 딸은 어리니까 내가 은행에 가서 돈을 대신 찾아줄게. 그리고 바로 투자하면 돼. 알겠지? 남자의 매끈한 손에 모퉁이가 너덜너덜해진 아빠의 통장이 쥐어졌다. 집을 나서는 남자에게 아빠는 실실 웃었다. 우리 딸 원피스 사줄 거야. 예쁜 원피스. 남자는 곧 보자며 집을 떠났다. 하지만 남자는 두 번 다시 우리 집에 오지 않았다.

밖에는 어느덧 비가 그쳐 있었다. 초록빛 잎사귀에 물방울이 대롱대롱 매달렸다 뚝 떨어졌다. 창문을 조금 열자 상쾌한 봄비 냄새가 코끝을 찔렀다. 창가 옆 어항에서 거북이가 버둥거렸다. 좁은 돌들 사이에 낀 모양이다. 나는 몸을 마구 흔들어대는 거북이를 바라보았다. 거북이는 곧 지쳤는지 축 늘어졌다.

방에서 아빠가 나왔다. 아빠의 메리야스에는 누런 얼룩이 묻어 있었다. 나는 아빠한테서는 시큼한 냄새가 났다. 아빠는 눈을 비비며 건조대에 올려둔 셔츠에 머리를 밀어 넣었다. 그거 아직 덜 마른 거야. 나는 아빠를 돌아보며 소리쳤다. 아빠는 신발에 발을 집어넣으면서 웅얼거렸다. 괜찮다, 밖에 비 온다. 어차피 젖어. 대문이 쿵 소리를 내며 닫혔다. 나는 어항을 바라봤다. 어항 속 거북이는 숨이 막혀 죽은 것 같았다. 나는 고요한 물속에 손을 집어넣어 거북이의 뒷다리를 툭툭 쳤다. 하지만 거북이는 미동도 없었다. 축 늘어진 거북이의 다리가 젖은 우비를 입고 뛰어다닐 아빠의 굽은 등 같았다.

집 밖으로 나왔다. 기분 나쁜 바람이 뺨을 매섭게 할퀴었다. 서늘한 날씨에 몸이 덜덜 떨렸다. 나는 우산을 더 꽉 움켜쥐었다. 물웅덩이에 발이 빠졌다. 나는 신발을 벗어 물을 따라 버리고는 다시 신발을 신었다. 천천히 아빠가 일하는 중국집으로 향했다. 걸을 때마다 신발에서 질척거리는 소리가 났다.

가게 안은 사람들로 북적이고 있었다. 혼자 오셨어요? 머리를 올려 묶은 직원이 내게 물었다. 나는 작게 고개를 끄덕였다. 직원은 나를 가장 작은 테이블로 안내했다. 나는 중국집 여기저기를 훑었다. 아빠가 안 보였다. 벌써 배달을 나간 건가. 나는 여기저기 두리번거렸다.

주방 너머로 아빠가 보였다. 아빠는 아빠보다 한참은 어려 보이는 사장에게 연신 고개를 숙여대고 있었다. 아빠의 발아래에는 자장면이 떨어져 있었다. 사장은 아빠를 보며 연신 소리를 질러댔다. 멍청하면 생각을 하지 마. 왜 일을 크게 만들어? 배달이나 얌전히 할 것이지. 너 같은 게 돕긴 뭘 도와. 아빠는 겁먹은 거북이처럼 목을 잔뜩 움츠리고 웅얼거렸다. 미안합니다. 미안합니다. 나는 아빠의 힘없는 손을 잡아채 가게 밖으로 나갔다. 등 뒤에서 사장이 고래고래 소리를 질러댔다.

집 밖으로 나왔다. 밖에는 어느덧 비가 그쳐 있었다. 초록빛 잎사귀에 물방울이 대롱대롱 매달렸다 뚝 떨어졌다. 상쾌한 봄비 냄새가 코끝을 찔렀다. 비가 왔더니 밖에는 온통 물 먹은 것들 뿐이었다. 나는 아빠의 손을 꼭 잡고 진해진 검정 아스팔트 바닥을 북북 끌며 걸었다. 눈앞이 희뿌옇게 변했다. 아빠가 내 뺨을 문질렀다. 울지 마. 울지 마. 내가 미안해. 아빠는 계속했던 말을 반복하며 안절부절못했다. 집에 가자. 나는 아빠의 손을 더 꼭 잡았다.

집에 오자 거북이가 담긴 어항이 보였다. 바위틈에 끼어 죽은 줄 알았던 거북이는 희미하게 발버둥 치고 있었다. 나는 바위틈을 벌려 거북이를 꺼냈다. 거북이는 축 늘어져 있더니 이내 천천히 물속을 헤엄치기 시작했다. 아빠가 날 불렀다. 아빠의 손에는 분홍색 원피스가 들려있었다. 딸 주려고 샀다. 아빠 새 배달 구하면 된다. 울지 마라. 허공을 보며 빠르게 말하고 원피스를 내미는 아빠의 모습에 나는 웃음이 터졌다. 밖에는 봄을 기다리는 꽃봉오리가 봄비를 가득 머금고 있었다.

봄은 어디서 오는가

송용희

오랜만에 미순에게서 만나자고 전화가 왔다. 용희는 혼자 있다며 미순에게 집으로 오라고 했다. 그런데 미순이 카페에서 보자고 한다. 용희는 웬일인가 싶었지만 아침에 쑥국 끓여놓은 게 있어서 우리 집에서 밥이나 먹자고 오라고 말했다. 하지만 미순은 큰길에 있는 카페로 나오라고 재차 말했다. 용희는 알았다고 대답하고 옷만 갈아입고 카페로 나갔다. 용희가 들어서자 미순이 손을 들어 올리며 반가워했다.

"이야 웬일이야? 네가 카페에서 보자고 하다니. 세상 뒤집어지겠다. 그런데, 너 입술에 뭔 짓을 한 거야? 봄이 어디서 왔나 했더니 너한테서 왔구나." 호들갑을 떠는 용희를 보고 미순이 입술을 오므리고 겸연쩍은 듯 살포시 눈을 흘겼지만 금세 볼이 발그래졌다. 뚫어지듯 용희가 쳐다보자 시선이 불편한지 미순이 얼른 커피를 시키라며 재촉했다. 천하의 짠순이가 카운터에서 계산을 치르고 대기 진동벨을 들고 돌아왔다.

"너, 남자 생겼지? 말해봐 빨리."

미순이 배시시 웃으며 잘 어울리느냐고 묻듯 입술을 쭈욱 내밀었다. 용희는 미순의 행동이 당황스러웠지만 한편으로는 사랑스러웠다. 미순에게도 저런 모습이 있었을까.

"이거… 그 사람이 사준 거야."

"어머나, 그래? 히야, 진분홍 색깔이 좀 야하지만 좋다! 그래, 밤에도 잘 어울리겠는데….''

용희는 괜히 기분이 좋아 미순의 등짝을 찰싹찰싹 때렸다. 그때 탁자 위에 올려놓은 진동벨이 드르르륵 소리를 냈다.

일요일이라 늦잠을 자는데 전화벨이 용희 부부를 깨웠다. 잠결에 수화기를 들었는데 상대가 다급하게 말했다.

"진수 씨가 낚시하러 갔다가 파도에 휩쓸려 실종됐대. 어떡하냐? 나 어떡해!''

숨넘어갈 듯한 미순의 소리에 용희는 벌떡 자리에서 일어났다. 전화를 끊고 부부는 주차장으로 달려갔다. 어제저녁 뉴스에 태풍이 닥칠 거라는 기상 예보가 있었다. 밤새 덜컹거리며 유리창이 요란을 떨었기에 용희 부부는 밤잠을 설쳤었다. 아닌게 아니라 두드려 대던 바람은 한층 기세가 올라가 있어서 도로에 들어서자 가로수는 금방이라도 뽑힐 듯 흔들렸고 차도 휘청휘청 균형을 잃기 직전이었다. 도로에 차도 거의 없었지만 속력을 낼 수 없었다. 저속으로 기다시피 겨우 구조라 해수욕장에 도착했다. 먹구름은 서쪽 하늘을 덮은 채 금방이라도 장대비가 쏟아질 듯했고 파도도 몹시 성난 채 달려들었다. 파도는 미역가닥이며 해초들을 해수욕장의 몽돌 위에 쏟아 놓았고 계속 으르렁거리며 울부짖었다.

미순이 짐승처럼 울부짖고 있었지만 그녀의 간절함은 그 어디에도 닿지 않았다. 시퍼런 파도를 토해내는 바다는 말 그대로 미친 바다였다. 그런 바다를 해양 경찰을 설득시켜 친구들은 구명보트를 타고 샅샅이 뒤졌지만 찾을 수 없었다.

일주일이 지났을 때 진수의 시신이 파도에 떠밀려 발견됐다. 그들 부부에게는 돌을 갓 넘긴 아들이 있었다. 미순은 아들을 업은 채로 진수의 시신을 보고 그 자리에서 기절하고 말았다. 용희는 산 사람은 살아야 한다며 미순을 병원에 입원시켰다.

미순과 진수는 만난 지 삼 개월 만에 결혼했다. 첫눈에 반해 결혼한 것이다. 임신한 채 결혼을 했기 때문에 칠 개월 만에 아들을 낳았다. 그들은 유독 금슬이 좋았다. 친구들이 질투를 할 정도로. 그래서 친구들은 오늘은 참기름 몇 병이나 짰냐며 놀려 대기도 했다. 남 말하기 좋아하는 어떤 친구는 금슬이 너무 좋아서 용왕님이 샘을 내서 데려간 거라고 했다.

커피를 다 마셔갈 무렵 미순이 잔을 내려놓고 등을 곱게 폈다. 용희도 덩달아 등을 세우고 미순을 쳐다보았다. 봄은 봄인가보다 미순이 덥다며 스웨터를 벗어 의자에 걸터 놓는다. "용희야, 나 진수 씨한테 작별인사하러 가려고. 그런데 용기가 안 난다. 미안한데 같이 가줄 수 있어?"

그 말만 하고 미순은 제 신발코에 눈을 박았다. 용희는 손을 뻗어 무릎 위에서 제 손을 쥐어뜯고 있는 미순의 손을 꼬옥 잡았다.

"그래 미순아, 잘 생각했어. 정말, 잘했어. 가고말고 당장 가자."

거제도의 바다를 이십 칠 년 만에 다시 찾았다. 용희는 멀찍이 거리를 두고 서 있었다. 미순이 정성스레 챙겨 온 음식을 진설했다. 북어, 사과, 배, 산적까지. 술을 한 잔 따라 고수레, 하고 뿌렸다. 그리고 다시 한 잔 따르더니 훌쩍 마셨다. 또 한 잔,

또 한 잔…. 용희는 말려야 하나 어째야 하나 망설였지만 좀 더 지켜보기로 했다. 미순이 소주 한 병을 순식간에 비우고는 자리에서 일어나 바다를 향해 걸었다. 발밑까지 바닷물이 철썩거리자 자리에 우뚝 섰다. 그러고는 소리쳤다.

"내 청춘 훔쳐간 이놈의 바다야! 억울한 세월 모두 버리러 왔다!"

용희는 천천히 미순에게 걸어갔다. 미순이 금방이라도 쓰러질 것처럼 보였기 때문이었다. 상체를 흔들며 허리를 구부리고 바다를 향해 토해냈다.

"이놈아, 나 괜찮다. 나, 이렇게 잘 살고 있다아아. 내가 우리 아들을…, 얼마나 잘 키운 줄 너 잘 알지. 아주 멋지게 키웠다아아아. 이십칠 년을 너만 생각하며 살았어…. 그러면 된 거지…."

미순이 끝말을 맺지 못하고 털썩 무릎을 꿇었다. 찰랑찰랑 쏴아아아. 파도가 미순을 핥았다. 무릎을 핥고, 허벅지를 핥고, 배를 핥고, 가슴을 핥고…. 얼마나 시간이 흘렀을까. 미순이 팽하니 물 코를 풀었다. 그러고는 자리에서 일어났다.

괜찮은 홀아비라도 소개해 줄라치면 제 아들 천덕꾸러기 된다며 거절했던 미순이다. 아이도 건강한 편이 아니었다. 툭하면 장염에 걸렸고 감기는 달고 살았다. 혼자 아들을 키우겠다고 종종대며 사는 미순이 안타까워 진수는 잊고 새 출발 하라면 몸이 약한 아들 키우는 여자를 어떤 남자가 좋아하겠느냐며 괜히 바람 일으키지 말라고 찬바람이 휙 불 듯 말했다.

몸 약한 아들을 잘 키우려면 한 푼이라도 아껴야 한다며 버스
비도 아까워 새벽바람을 맞으며 사십 분씩 걸어서 출퇴근을 했
다. 새벽부터 병원 식당에서 살아온 세월이 이십 년이 넘었다.
옷은 재활용 가게에서 사 입었고 파마는 고사하고 커트비가 아
까워 질끈 묶고 다녔다. 그런 미순이가 사랑을 하다니, 아니 미
순의 마을을 연 남자가 누굴까? 대단한 남자일 거라 생각한 용
희는 궁금해서 이것저것 물었다. 미순도 그리 싫지는 않은지 묻
는 말에 쑥스러워하며 발그레한 얼굴을 하고 고분고분 대답했
다.
　"응, 병원 앞에서 세차장을 해."
　"그래? 그럼 돈은 있구나, 나이는?"
　"올해 환갑."
　용희는 연신 어머나, 잘 됐다!를 반복했다. 그런데 미순이 코
를 찡긋하더니 눈을 내리깔고 말했다.
　"그런데 키가 작아."
　"야, 이제서 애 낳을 것도 아닌데 키가 작으면 어때! 근데 얼
마나 작아?"
　용희는 조바심 나는 얼굴을 하고 미순의 코앞에 대며 다그치
듯 물었다. 미순이 오른손을 앞으로 내밀더니 제 머리에서 오르
락내리락 하더니 제 이마에 갖다 댔다. 용희는 으응응… 하고
대답을 늘렸다.
　"혹시 사진 있어?"
　용희가 묻자 미순이 휴대폰을 꺼내 한참을 들여다보고 찾더
니 용희 앞에 내밀었다. 용희는 '세상에… 이런 쥐똥만 한…'이

라고 미순의 마음에 상처를 줄 뻔했다. 환갑이라는데 그도 꽤나 고생을 했는지 일흔은 되어 보인다. 하지만 용희는 빙그레 웃으며 말했다.

"어머, 잘 어울린다. 얼굴이 복 들었네."

"키도 작고 인물도 별로이긴 한데…, 사람이 진실해. 무엇보다 성실하고. 게다가 내 긴 머리가 맘에 든대"

미순이 남자 친구에 대해 자랑을 시작했다. 미순의 저런 모습을 본 지가 언제였던가? 미순이 이렇게 사랑스러웠던가! 용희는 뜨거운 홍차를 마신 것처럼 가슴이 뜨거워 얼른 냉수를 들이켰다. 그 나이에 오죽하면 파마 한 번 못하고 머리를 길렀을까. 용희는 또 한 번 울컥한 마음에 콧등이 아려와 헛기침을 했다

"너처럼 알뜰한 여자가 어디 있냐? 낮뿐만 아니라 밤에도 제법 쓸 만할걸."미순과 용희는 한바탕 눈물이 나도록 웃었다 용희는 한겨울 땅속에 묻어놓은 무를 꺼내 씹은 듯이 속이 시원했다. 용희가 손가락으로 엄지척을 하니 미순이 꺄르륵 소리 내서 웃었다. 그러고는 손가방에서 립스틱을 꺼내 바르고 빠빠빠 입술소리를 내었다. 따뜻한 봄바람이 미순의 입술에서 활짝 웃고 있었다.

무성서원에 핀 꽃

유지호

단아하다. 홍살문 안쪽의 무성서원이 다정하게 손을 내민다. 속세와 거리를 둔 깊은 산속에 세워진 서원과 달리 원촌마을 한 복판에 서 있는 모습이 뭇 백성의 일상을 빼닮은 듯 평범하다. 굴곡의 세월을 견뎌온 오래된 느티나무가 담장 밖에서 수호신처럼 서원을 감싸고 야트막한 산을 배경으로 탁 트인 황금벌판이 그림 같다.

황금 깃털을 날리는 가을의 뒤안길을 탐독하면서 최초의 가사문학 상춘곡을 지은 불우헌 정극인의 발자취를 따라간다. "홍진에 뭇친 분네 이내 생애 어떠한가." 원촌골에 펼쳐지는 환상적인 봄을 납작납작 딛으며 "칼로 말아낸가, 붓으로 그려낸가" 읊조리는 노랫가락에 어깨춤이 절로 난다. 칼날 같은 지혜가 퍼득이고 사슬을 끊는 그 어디선가 욕망을 잠재우며 희망을 꽃피우는 무서운 힘을 보는가. 부귀공명을 잊고 제 색깔로 시간을 곱씹으며 자연과 하나가 된 채 심장이 터지도록 아름다운 풍광을 껴안고 안빈낙도의 삶을 즐기는 정극인이 있다.

무성서원은 신라 말기 고운 최치원이 선정을 베푼 뜻을 기리기 위해 살아생전에 세운 생사당에서 기인한다. 최치원은 12세에 당나라로 유학해 6년여의 노력 끝에 빈공과에서 장원급제한 신라 시대의 대표적 학자이자 개혁 사상가였다. 견고한 신분제의 벽에 막혀 자신의 천재적 재능을 펼쳐보지는 못했지만 이곳에서 관리로 선정을 베풀어 백성들의 아낌없는 칭송을 받았다. 서원은 정문에 해당하는 현가루로부터 강학의 공간 강학당, 배향공간 태산사 등이 일직선의 형태로 이루어져 있다. 숙종 때 사액을 받아 예악을 겸비하며 백성을 가르치는 선비문화의 중심으로 자리를 잡은 전라북도 유일의 서원이다. 특이한 것은 신분의 차별 없이 누구에게나 뜻만 있으면 배울 수 있는 기회를 제공했다는 점이다. 마을이 서원을 보호하고 마을 사람들과 함께하는 평등적 가치를 실현했다는 점에서 궁극적으로 지향하던 가치를 읽을 수 있다. 서원의 맨 위쪽 태산사 안에는 신라의 대학자 최치원, 상춘곡을 지은 불우헌 정극인을 비롯한 7명을 배향하고 있다. 어쩌면 무성서원은 정읍을 백성이 중심이 되는 역사의 고장, 충의와 절의의 고장, 민주적 가치를 꽃 피운 발상지로 자리매김할 수 있도록 한 근원적 공간이라 할 수 있다.

현가루의 현판이 눈에 들어오자 궁금증에 발걸음이 빨라진다. '거문고를 타면서 노랫가락을 그치지 않는다'는 뜻으로 '어떤 역경 속에서도 학문을 그치지 않는다'는 깊은 의미를 지녔다는 말이 마음에 와닿는다. 질소가스 풍선처럼 욕망으로 가득한 채 조급한 결과만을 바라며 비좁은 이마의 설익은 지혜를 방패 삼아 내가 걸어온 길은 어둠이다. 시간이 흐를수록 균형을 잃은 감각으로 눈두덩이의 반짝이던 심지는 꺼져가고 실낱같은 의지가 희망을 불태우려 해도 몇 걸음도 못가 곤두박질한다.

마당에 들어서자 바람이 분다. 바람결을 따라 유생들과 함께한 은행나무가 가을을 전세 낸 듯 노란 잎을 제 몸에서 털어내는 모습이 새 떼 같다. 출렁이는 가지가 공작보다 화려한 비상으로 수천의 날개를 펼쳐 일제히 날아오를 때마다 황금빛 희망이 겨드랑이를 타고 혈관 깊숙이 스며든다. 늘 주변인으로 팔짱을 낀 채 굼벵이처럼 느리고 무겁던 생각이 날개를 단 것처럼 날렵해진다.

강학 공간 강학당 마루에 앉자 앞뒤로 바람이 불어 마음이 탁 트인다. 보통의 서원이 외부의 자연을 최대한 끌어들였으되 앞 공간은 트이게 하고 뒷공간은 다소 막히게 하는 내부 지향적 구조를 취하는 형태로 학문에만 정진하는 공간으로써의 기능을 의도적으로 강화하는데 무성서원은 트임 자체였다. 사람과 사람 사이에서 서로 교감하고 소통하며 공감의 고개를 끄덕이는 것이 바른 학문의 길이라는 생각이 온전히 배어있는 듯하다. 더욱이 서원이 마을 한가운데 자리 잡고 있음에 적이 놀란 것을 생각하면 서원이 트임 구조로 이루어진 것은 당연한 일인지도 모를 일이다. 자아를 완성하기 위해 학문에 몰입하는 유림이 추구하는 가치가 결국은 세상과 소통하는 궁극적 목적에 있음을 간접적으로 알려주고 있는 듯해서 내내 가슴이 벌렁거렸다.

백성들과 함께해온 무성서원은 백성 중심의 가치를 실현 시키려는 동학농민혁명의 뿌리가 되었다. 나아가 면암 최익현은 을사늑약에 항거하는 결의의 마음으로 도끼를 메고 '을사늑약을 체결하려거든 왜놈의 목을 치고 내 목을 치라'며 죽음까지 불사한 병오 창의 등은 무성서원이 지닌 가치를 고스란히 계승해 오늘날까지 그 피를 이어받고 있는 실로 고귀한 정신이다. 칼보다 시퍼런 제국주의 사슬로 독사 같은 음모가 안개처럼 피어나고 갈라진 국토의 틈바구니마다 좀 벌레가 기어들어 가 반만년 역사의 태양을 갉아내고 있었다, 잃어버린 태양의 허리춤을 움켜쥐려고 가슴을 쓸어내리며 지사 정신을 되새김질하며 붉은 마음 활화산처럼 솟구쳤던 의기가 서린 곳이 무성서원이다. 거꾸로 선 태양 앞에서 손 벌리던 치욕을 떨쳐 불거진 힘줄, 두 주먹 불끈 쥐고 나가며 어둠을 이긴 숭고한 돋을새김이 선명하다. 뜻을 함께하던 백성들의 함성이 쟁쟁하다.

싸하고 얼굴을 스치는 바람에 생각이 돌아온다. 선비로서 청렴함을 실천하며 절의 높은 삶을 살았던 정극인, 나이 30세에 불교의 폐습을 단절해야 한다며 유생들과 상소를 함께 올렸다가 세종의 진노를 받아 죽을 고비를 겨우 넘기며 귀양살이를 하기도 했다. 늦은 나이에 급제한 후 벼슬길에 나갔다가 세조의 왕위 찬탈을 보고 낙향해 은일자처럼 살았다. 세상 모든 것이 온전한 모습을 보이지 않아도 알곡은 언젠가 곳간으로 들어가게 마련이어서 그의 곧은 인품과 학문적 재능을 알고 있는 조정에서 몇 차례 벼슬을 내렸으나 사양하고 자연을 벗 삼아 지냈지만 한때 조정의 부름으로 벼슬에 다시 올라 폐단을 바로잡는 일에 적극 참여하기도 했다.

정극인에게 있어서 봄은 그만큼 절실했을 것이다. 그에게 봄은 어떤 의미였을까. "공명도 날 꺼리고 부귀도 날 꺼리니, 청풍명월 외에 어떤 벗이 있겠는가? 아무튼 백년행락이 이만한들 어떠하리."

뛰어난 학문적 식견이 있음에도 부귀공명을 멀리하고 물욕이 없는 청렴결백으로 자연 속에서 주체적 삶의 가치를 추구했던 정극인을 만난 것은 대단한 행운이다. 자꾸만 삐뚤어져 가는 생각의 굴레를 바로 잡으려고 그의 뜨거운 입김이 심장을 파고 들어온다. 예지의 맥을 찾아 심지에 불을 붙이고 흥분과 환희의 오르가슴으로 맞는 미지의 세계, 온통 황금 빛으로 채색되는 서원의 마당에서 사상의 머리를 휘날리며 내게 맞는 옷을 입으려고 각질의 허물을 벗고 있다. 빈한한 삶을 기울여 무성히 자라는 위선을 소금기에 절이고 청아한 물소리에 실려 하늘 문을 두드리는 소박한 정결의 기원을 심는다. 지금 나는 희로애락을 모두 털어내고 입신양명과 물욕을 하나씩 지우는 여백마다 만화방창의 봄을 기다리고 있다.

아주 오래된 봄날 이야기

이경훈

버스를 타고 집으로 오다가 몇 정거장 앞에서 내렸다. 며칠 사이로 하천가 도로에는 큰 키의 벚꽃이 흐드러져 눈처럼 휘날리고, 아래쪽 언덕에는 노란색 개나리가 나름대로 질서를 이루며 한창이었다. 두 가지 색깔로 무더기를 이루고 있는 꽃들이 화사하게 어울려 봄날을 한층 더 빛나게 밝힌다. 무연한 것 같은 두 개체가 어우러져 풍기는 조화는 너무 근사해서 자꾸 눈길이 갔다.

내리고 보니 밖엔 가는 비가 뿌리고 있었지만 조금이라도 걷고 싶었다. 가느다란 빗줄기는 나지막한 몸짓으로 거리를 촉촉하게 적시며 수런수런 귓속말을 속닥거리고 있었다. 얼었던 대지를 희석시키는 물의 안간힘이 은근하여 귀를 모아야 겨우 소리를 들을 수 있을 것 같다. 마스크를 쓴 탓에 청각이 집중하지 못하는 건 아닐까 싶기도 하다. 어쨌든 한 몸의 감각들은 서로 무관하지 않은 인과관계로 연결되어 있고 그게 살아있다는 징표이다.

인적이 드문 곳에 이르러 살짝 마스크를 벗었다. 일부러 과장하여 큰 날숨과 들숨을 내어보는 것으로, 전에는 당연했던 호흡의 자유를 맛본다. 코로나 바이러스19로 새로운 일상의 규칙에 적응해 가며 맞는 두 번째 봄이고 마스크는 가장 가까운 필수품이 되었다. 마스크를 쓸 때마다 의지와 상관없이 아주 오래전 기억으로 슬며시 들어가 있는 자신을 발견한다.

교사로서의 첫 부임지는 난생 처음 접한 시골마을이었다. 주말마다 본가를 오가던 어느 날 저녁, 내가 탄 시외버스가 개울 아래로 추락했다. 앰블런스로 옮겨지며 까무룩하게 들고나는 의식 가운데 분명 꿈이 아닌 뭔지 큰 사고가 생겼다는 것을 확연히 알 수 있었다.

좋아하는 사람들과의 만남, 감동적인 영화를 보는 시간, 아기의 탄생 등을 표현하자면 그건 삶의 스포트라이트가 비치는 환희의 부분이다. 시험에의 탈락, 경제적 패배, 부모님과의 이별 등은 어둠으로 추락하는 낙심의 부분이 될 것이다. 병원에서의 일련의 과정은 무엇이라고 표현할까. 밤과 낮의 경계가 모호하고 경과를 예측할 수 없는 그 시간은 유예되어 멈춰버렸다. 한치의 여유가 없던, 내내 빈한한 부분이었다고 나는 입원했던 기간을 회억한다.

의식이 회복되어 중환자실에서 나온 후에도 어깨와 갈비뼈를 비롯하여 상체 부분의 뼈가 여러 군데 금이 가서 움직일 수 없었다. 골절된 양발의 깁스를 풀던 날, 입원 후 처음으로 화장실에 가서 거울을 본 순간 충격으로 주저앉았다. 익숙한 나는 온데간데없고 상처를 이리저리 꿰매어 혐오스러운 얼굴은 섬뜩했다. 육신의 상처는 차츰 아물었지만 얼굴의 흉터로 인한 참담하고도 지난한 시련의 늪은 몹시 깊고 길었다.

퇴원하던 날은 바야흐로 벚꽃이, 개나리가, 진달래가 만개한채 따뜻한 냄새를 흩뿌리고 있는 봄날 한가운데였다. 차창 밖의 밝은 풍경은 캄캄한 내 마음과 너무도 어울리지 않게 생경하여 눈을 감아버려야 했다. 그해 나는 새 학기를 맞이하지 못했다. 그 후로도 계속하여 내 생애의 봄날이었던 부분들은 '하필이면 왜 내게 이런 일이'라는 분노와 상심에 잠겨야 했고 일정 부분은 차감되었다.

집에만 있던 내게 아버지는 마스크를 사다 주셨다. 내키지는 않았지만 마스크를 쓰고 외출을 시도했고 의외로 시선들로부터 조금은 자유로워졌다. 아이러니하게 답답한 마스크를 착용하기 시작하면서 암담하던 날들이 조금씩 열렸고 다시 학교에 나갈 수 있었다. 순수하고 호기심 많은 아이들은 얼굴의 흉터에 대해 간혹 묻기도 했지만 돌이켜보면 그들과의 학교생활은 희로애락을 초월하는 마법의 시간이 되어 주었다.

중요한 건 내면이라고 스스로에게 최면을 걸고 또 걸어도 열등의식에서 무감하기는 실로 어려웠다. 중년이 거의 다 지나갈 무렵쯤, 사고로 인한 심신의 상흔을 객관적이고 담담하게 바라볼 수 있게 되었다. 청년기였던 내 생生의 봄날은 스포트라이트에는 머물지 못해 아쉽지만, 낙심하거나 빈한해 할 틈 없이 남들과 비슷한 여름과 가을의 생애주기를 제대로 살아냈기에 받은 보상이라고 생각한다. 그렇게 얼굴 흉터로 인한 마음의 생채기에서 특별한 계기 없이 벗어나게 된 것이다.

'벗어났다'는 것은 제대로 된 표현이 아닐 수도 있다. 알이 굵은 사포 표면 같은 세월에 부대끼며 늘 쓰라리던 마음이 무뎌진 것처럼, 얼굴의 물리적 상처도 그에 비례하면서 흐려진 탓일 수도 있겠다. 만병통치인 시간이라는 명약의 효과는 변함없는 진리로 내게도 예외는 아니었다.

갑작스러운 바이러스로 마스크를 반드시 써야 하는 날들이 시작되고부터 지난날을 자주 만난다. 자라면서 한 번도 아버지의 눈물을 본 적이 없었다. 늘 강인하게 각인되어 있던 아버지는 병원에서 나 몰래 매번 눈물을 쏟으셨다고 들었다. 무엇에도 끄떡없을 큰 산 같은 아버지의 눈물은 내가 일어서야 하는 최고의 이유가 되고도 남았다.

자식의 아픔을 바라보는 일이 얼마나 가슴 미어지는 커다란 고통인지를, 부모로 살고 있는 나는 너무도 충분히 안다. 비와 함께 시나브로 스며드는 그리움에 마음이 애달프다.

어느새 비 그쳐 말짱해진 거리에는 봄 햇살과 바람에 섞이며 교류하고 있는 초록나무 잎들의 인사로 소리 없는 춤사위 판이 벌어진 것 같다. 그 사이에 서 있으니 생동하는 기운의 자양분이 내게도 넉넉하게 나눠지고 있음을 느낀다.

계절에 따라, 날씨에 따라 해가 뜨고 저무는 시각은 늘 변하고 노을의 농담濃淡이 다른 것은 자명한 이치다. 아주 오래된 나의 봄날을 만나며, 내게 남겨진 또 다른 날들의 설계에는 예전과 다른 유연함을 가질 수 있을 것 같다. 소중한 내 삶의 배경이 이제는 덜 절망하고, 덜 녹슬고, 덜 슬프길 소망해 본다.

시제에 딱 들어맞는 장원감이 없어 아쉬웠으나……

청량한 가을 날씨 속에서 제1회 무성서원 백일장 심사가 태산선비문학관에서 10월 23일 10시에 치러졌다. 첫 공모임에도 전국에서 많은 작품과 연령대로 응모되었다. 산문 편수는 총 64편이었다. 백일장이라 3가지 시제가 주어졌다. 심사자들은 우선 응모 작품이 시제에 맞는가부터 살폈다.

시제에 너무 신경을 쓰느라 정읍의 장소와 소재만 나열한 듯한 글이 있는가 하면, 정읍과는 상관없는 생뚱맞은 장소를 언급하여 쓴 글도 있었다. 이는 미리 써놓은 글을 응모한 듯 보였기에 여지없이 제외했다. 그러나 시제에 충실하게 그리고 산문의 특성을 잘 살린 작품도 여러 편 눈에 띄었다. 대체로 글쓰기에 편한 '봄'을 선택하여 쓴 산문이었다.

세 명의 심사자는 나름의 옥고를 각자 선별하여 펼쳐 놓고 논의를 하였고, 그 작품을 다시 나눠 읽고 토론을 하면서 선정에 많은 정성을 들였다.

특히 최우수상을 놓고 논의가 길었는데 시제는 모두 '봄'이었다. 두 작품은 다음과 같다.

정읍의 장소를 두루 언급하면서 정극인의 '상춘극'에 빗대어 봄날 들뜬 마음에 남편의 마음을 헤아리지 못하고 말실수를 한,

소소한 이야기를 물 흐르듯이 쓴 박미랑의「잃어버린 봄」을 최우수상으로 할 것인가, 자본의 유입으로 하루가 다르게 변화되는 아니 변화되지 않은 곳의 그 경계에서 미용실을 운영하면서 자원봉사를 하는 화자의 삶을 핍진하게 그린, 서사가 탄탄한 작품인 진기은의「봄」을 우위에 두어야 하느냐를 놓고 논의가 길었다. 논의 끝에 최우수상으로 박미랑의「잃어버린 봄」을 선정하였다. 아쉽지만 진기은의「봄」은 우수작이 되었다.

또 한편의 우수작은 송승현의「봄비와 칼국수」를 선정하였다. 한 집안을 호령하는 할머니 때문에 기를 못 펴고 사는 어머니를 바라보는 어린 화자(딸)의 따뜻한 시선이 봄날 촉촉이 대지를 적시는 봄비 같았다.

그 외 장려상으로는 송용희의「봄은 어디서 오는가」, 김종서의「소리를 잡아 마음에 담으리라」, 이경훈의「아주 오래된 봄날 이야기」, 손민지의「봄」, 박미연의「마지막 봄날」, 유지호의「무성서원에 핀 꽃」을 각각 선정하였다. 아쉽게 이번에 선정되지 못한 응모자들은 더욱 건필하기를 바라며 선정된 분들은 문운이 활짝 열리기를 바란다./심사위원-배귀선(수필가), 이병초(시인), 장마리(소설가)

■ 심사

■ 시상식